UN TEMPS FOU

Laurence Tardieu est née en 1972 à Marseille. Elle vit aujourd'hui à Paris et se consacre à l'écriture. Auteur de plusieurs romans, elle a obtenu le prix Alain-Fournier pour *Puisque rien ne dure* (Stock, 2006).

Paru dans Le Livre de Poche :

Puisque rien ne dure

Rêve d'amour

LAURENCE TARDIEU

Un temps fou

ROMAN

STOCK

ISBN : 978-2-253-12983-7 – 1re publication LGF

Une nuit, je fais un rêve. Je suis dans une baignoire, une grande baignoire blanche. La baignoire est pleine d'eau. L'eau est très chaude. La vapeur emplit toute la salle de bains. Tout est flou. Tout se perd. Je me sens oppressée. Je suis très fatiguée. Je suis étendue dans cette baignoire, nue, très fatiguée. J'ai envie d'arrêter de respirer, de me laisser glisser dans l'eau brûlante, de disparaître, lentement, avec douceur, pour toujours. Ma tête repose contre le rebord de la baignoire. Elle me fait mal. J'aimerais qu'elle ne repose contre rien, qu'elle redevienne libre, légère, qu'elle flotte sans douleur dans un vide, détachée de tout, détachée de moi. Mes cheveux s'enroulent autour de moi. Des larmes coulent sur ma joue. Je n'ai pas la force de les essuyer. Je les laisse couler. J'abandonne.

Quelqu'un s'avance vers moi. Il y a trop de vapeur dans la pièce pour que je distingue ses traits. J'attends. Il se rapproche. Il est là, soudain, tout près. C'est un homme. Il a un sourire très doux sur le visage. Je crois qu'il est beau. Il s'agenouille, se penche vers moi. Je n'ai pas peur. Je n'attendais rien. L'homme commence à me laver. Ses gestes sont délicats. Il frotte mon corps avec un gant. Je sens le parfum du savon, une odeur de citron, et de pomme, et d'autre chose. J'aime cette odeur. Elle me rappelle une sensation très agréable, je ne sais pas laquelle. Je ne cherche pas. Je ne cherche plus rien. L'homme frotte mes épaules, mon cou, mes seins, mon ventre, mes bras, mes cuisses. Je ne bouge pas. Je ferme les yeux. Je me laisse faire. Je ne sais plus si je suis une jeune femme, ou une enfant, ou une très vieille personne. Je ne sais plus rien. J'ai dû me perdre. Puis, sa main sur ma tête. Il appuie. Je ne lui résiste pas. Il appuie un peu plus. Il a compris, sans que j'aie eu besoin de le lui dire. Je glisse sous l'eau. Je suis sous l'eau. J'aime être là, immergée, complètement immergée. Je reste longtemps ainsi, mon corps disparu du monde des vivants, mon corps qui respire de plus en plus lentement, qui perd le souffle. L'eau est devenue froide. La main n'a pas quitté ma tête, je n'ai pas peur, je suis en paix : cette fois, je crois que je m'en vais.

Puis, d'un coup, son bras qui me saisit, qui me tire vers le haut. Il me fait remonter à la surface. Ma bouche soudain à l'air libre. La sensation effrayante, merveilleuse, de l'air libre sur mon visage. Je voudrais crier. Je ne peux pas. Je suffoque. Il me tient tout contre lui. Je sens la chaleur de son corps. Je sens son souffle sur mon front. Je reste agrippée à lui. Je le serre de toutes mes forces. J'entends les battements de son cœur. Son visage très près du mien. Son regard très doux, très profond, très clair. Il pose une main sur ma joue. Il sèche mes larmes. Il me lave encore le cou, le visage. Je ferme les yeux.

Longtemps après, très longtemps après, lorsque mon corps a fini de trembler, je lui demande pourquoi il a fait ça. J'entends alors sa voix, un murmure à mon oreille : « Ne vois-tu pas que je te console ? »

J'ouvre les yeux : l'homme n'est plus là. Je suis dans la baignoire, nue. Les larmes ont cessé de couler sur mon visage. J'ai envie de me lever, et de sortir mon corps de l'eau.

C'est vous qui m'avez appelée. Je ne vous ai pas demandé comment vous aviez obtenu mon numéro de téléphone : je suis sur liste rouge. Vous m'avez appelée un matin. Le temps était glacial. J'étais sortie tôt accompagner ma fille à l'école. La nuit était encore noire. J'étais rentrée vite. J'avais même couru : j'avais froid. Je ne pensais qu'à une chose, me réfugier dans mon bureau. Je ne vous attendais pas.

Votre voix. Dès les premiers mots, avant même que vous ne prononciez votre nom, j'ai su que c'était vous. Votre voix. Je ne l'avais pas oubliée. Une voix comme la vôtre, aussi chaude, aussi mélodieuse, ça ne s'oublie pas. Même en six ans. Ça reste gravé au plus profond de vous, dans un endroit très secret que vous êtes la seule à connaître, un endroit qui parfois vous fait du mal, parfois du bien. Ça dépend des jours. Ça dépend de la mélancolie des jours.

Je ne me souviens pas de ce que vous avez commencé par me dire. Mon cœur battait tant, soudain j'avais tout oublié, des autres, de moi, de ma vie. J'entendais simplement votre voix. Il n'y avait plus qu'elle. Elle coulait en moi. Elle vibrait. Elle me donnait envie de rire. J'aurais aimé vous le dire.

Mon silence n'a pas semblé vous étonner : je crois que déjà vous me connaissiez très bien, même si nous ne nous étions vus qu'une fois, une unique fois, il y a de cela six ans.

Puis, vos mots me sont parvenus, des vagues qui tour à tour montaient, montaient à moi : vous aviez envie de me voir. Un projet dont vous désiriez m'entretenir. Un projet d'écriture cinématographique. Je vous ai dit que je n'avais jamais écrit pour le cinéma. Vous m'avez répondu, sur ce ton rapide et doux qui me revenait soudain en plein cœur : « Ça, on s'en fiche totalement. » J'ai souri.

Vous m'avez donné rendez-vous pour le vendredi. Nous étions un mardi. Vous m'avez proposé un déjeuner. Vendredi me paraissait si loin, si improbable. Je me suis souvenue alors, comme on se souvient parfois, dans les moments aigus, d'instants lointains, oubliés, perdus peut-être, je me suis souvenue de moi enfant, je devais avoir huit ou neuf ans, j'étais tombée assez gravement malade et j'avais dû rester deux mois couchée, deux longs mois immobiles et solitaires, deux longs mois où la vie ne passait plus, et, la veille du dernier jour d'école, fin juin, tandis que le soleil brillait dans le ciel et que l'été était en fête, et que je contemplais le ciel radieux allongée dans mon lit, ma mère, une fée, était entrée dans ma chambre et s'était penchée vers moi pour me dire qu'elle m'autorisait à retourner à l'école le lendemain, pour le dernier jour de classe avant les grandes vacances. Toute la longue nuit qui avait précédé ce dernier jour, je n'avais pas dormi : j'avais eu peur de mourir. J'avais eu peur de mourir, moi qui aimais tant aller à l'école. J'avais cru que ma joie, trop grande, ferait éclater mon cœur. Les enfants savent si bien qu'ils vont mourir un jour.

Je n'étais pas morte. Ce dernier jour avait été un de ces jours, si rares dans une vie, qui ressemblent aux premiers jours.

Je vous ai dit oui.

Six années ont passé. Vous ne savez pas que j'ai eu une fille. Vous ne savez pas que j'ai perdu ma mère. Vous savez sans doute que j'ai écrit des livres. Peut-être les avez-vous lus. Peut-être n'en avez-vous pas eu envie. Pour le reste, je ne sais pas. Moi non plus, je ne saurais très bien dire ce qu'a été ma vie, durant ces six ans. J'essaie de me souvenir. Je revois des moments : la naissance de ma fille, un emménagement un soir d'été dans un appartement qui me semblait trop grand, l'anniversaire de mes trente ans, des vacances heureuses en Autriche… Ces moments surgissent de ma mémoire, clairs : eux, étrangement, ont échappé à l'oubli, à la violence du temps qui emporte le présent, en estompe les traces. Mais que sont-ils, ces moments, au regard de ces six longues années ? À peine quelques éclats… Comment rendre compte de la vérité de ce temps écoulé, de cette matière frémissante, entrecoupée de silences, d'absences, d'instants morts, parfois près de se rompre et qui pourtant n'aura cessé de palpiter, puisque je suis là, encore, vivante ? Oui, j'aimerais tant retrouver la chair de ces six années, sa couleur, sa vibration, son odeur, sa manière bien à elle d'être au monde. Mais je n'y parviens pas : il ne m'en reste que quelques fragments. Le reste, je l'ai perdu, comme j'ai perdu les silences et les absences. Je ne peux plus les saisir. Est-ce mieux ainsi ? J'aimerais ne rien avoir oublié, pouvoir tout saisir entre mes mains. Oui, même les vides, j'aimerais les embrasser. Même les vides. On aimerait tant, parfois, être certain d'avoir été en vie.

Et vous ? Je me demande ce qu'a été votre vie, durant tout ce temps. À quoi elle a ressemblé. Si elle a été claire, riante, heureuse. Si elle a été vaste et ouverte, immense, chaque matin de nouveau immense, comme un corps que l'on redécouvre, et que l'on aime, ou si elle s'est lentement refermée, comme le font parfois les vies qui soudain vous traquent, vous prennent au piège, et alors il est trop tard, vous ne pouvez plus respirer, autour de vous le monde est devenu étroit, vous avez beau lever les yeux vers le ciel, vous n'en voyez plus l'immensité ni la splendeur… Oui, je pense à vous, à votre vie, et je me demande si vous sauriez, mieux que moi, en dessiner les contours, en raconter les battements.

Je me demande si vous aussi avez longtemps pensé à moi, longtemps, avant de vouloir m'oublier.

C'est le soir. Ma fille dort. Mon mari dort. Je marche dans la maison silencieuse. Je n'entends pas mes pas. Je glisse. Je redeviens légère. J'aime ces moments dérobés à ma vie, en suspens, je pense à vous, j'essaie de revoir votre visage et je n'y parviens pas, je crois me souvenir que vous aviez une très belle bouche, je ne sais plus à quoi elle ressemblait mais je me souviens l'avoir trouvée très belle, je souris, c'est très doux, cela vient de très loin, ça ressemble à l'enfance, aux instants délicieux et interdits, cela donne envie de pleurer, je ne pleure pas, je continue à marcher, mes pieds nus, glacés, sur le plancher, votre voix, entendue mardi matin, j'aime l'entendre, encore et encore, la faire résonner en moi, il me suffit de fermer les yeux, elle me dit : « J'aimerais vous revoir », ainsi donc vous ne m'aviez pas oubliée, j'étais encore là, quelque part, vous me direz où, dans quel recoin très secret de votre cerveau, de votre corps, j'entends votre voix et quelque chose n'en finit pas de tressaillir au-dedans de moi, comme une musique, une longue vibration.

Il y a deux ans, un film dont vous avez signé l'écriture du scénario est sorti en salles. On en a beaucoup parlé. Je n'ai pas eu envie d'aller le voir : j'avais peur. Je ne savais pas de quoi exactement. Peur, peut-être, de vous sentir trop proche. À moins que ce ne fût une autre peur, celle de ne rien reconnaître de vous ; ou plutôt, de ce que j'avais cru, et tant aimé, de vous. Mais un soir, en parcourant un journal, je suis tombée sur un article dans lequel vous étiez interviewé. Il y avait une photo de vous, grande, en noir et blanc. J'ai été troublée de vous revoir ainsi, sur une feuille de papier, quatre ans après notre rencontre. J'ai regardé longuement la photo. Je vous ai trouvé beau, plus beau peut-être que dans mon souvenir. Votre visage en gros plan, de trois quarts. Vous ne souriez pas. Vous ne fixez pas l'objectif. Vous semblez attendre quelque chose. C'est ce que j'ai aimé regarder si longtemps : vous, en train d'attendre quelque chose, et totalement absorbé par cette attente. Je me suis demandé ce que vous attendiez.

Les images de notre rencontre ont alors surgi en moi. Ces images que je m'étais efforcée d'oublier, parce qu'elles m'avaient longtemps éblouie, puis soudain m'avaient fait mal, très mal, rongeant quelque chose au-dedans de moi, posant inlassablement la même question, à laquelle je n'avais nulle réponse : pourquoi ne m'aviez-vous plus jamais fait signe ? Pourquoi vous étiez-vous approché si près de moi, puis aviez-vous disparu, comme si vous n'aviez été qu'un rêve ? Pourquoi, à ces moments si doux et si intenses que nous avions partagés, n'aviez-vous jamais donné suite ? Oui, à force de repasser ces images en boucle, comme on aime en secret revoir les images d'un film aimé, à force de les repasser en boucle et de n'en rien recevoir, que du silence, votre silence, à force, j'avais cessé de me souvenir. J'avais cessé de vous attendre. J'avais voulu vous oublier.

Mais ce soir-là, devant votre photo, devant votre visage si indécis qui attendait, j'ai voulu faire resurgir de là où je pensais qu'elles s'en étaient allées mourir les images de cette fête inoubliable. Cette longue nuit au cours de laquelle nous n'avions cessé de nous parler, comme si cette fête n'avait été célébrée que pour nous, vous et moi qui ne nous connaissions pas, vous et moi qui nous étions trouvés, tout ce monde autour de nous, ce brouhaha, cette gesticulation, ces danses, ces rires, et nous deux qui nous étions trouvés, qui ne nous étions pas quittés de la nuit, le silence de nous deux, le désir qui lentement s'emparait de nous, qui rendait nos mouvements très lents et nos voix très basses, votre visage si près du mien lorsque vous me parliez, pour que je vous entende, dans tout ce bruit, dans toute cette confusion, pour que je ne perde rien du murmure et de la douceur de vos paroles. Votre bouche, qui m'avait frôlée, et ne m'avait pas embrassée.

Ce soir-là, je me suis souvenue. On n'oublie rien de ce qui nous a traversé.

J'ouvre la porte de la chambre de ma fille. Je la regarde dormir, abandonnée au sommeil. Je crois que depuis que j'ai un enfant, rien ne me touche plus que de la regarder dormir. À quoi songe-t-elle ? À quoi rêve-t-elle ? Sait-elle combien la vie est belle, et terrifiante, et douloureuse, et brève ? Sait-elle qu'on ne sait rien, jamais ? On s'enfonce dans la nuit, et on voudrait que ce soit la lumière. Et rien, on ne peut rien retenir de ce qui autrefois était clarté. J'embrasse sa peau tiède. Elle ne bouge pas.

Je referme la porte. Je vais dans la cuisine. Je fais chauffer de l'eau. Je m'assieds sur une chaise. Je bois un thé brûlant. Je me demande ce que vous faites. Je me demande si, vous aussi, vous pensez à notre rendez-vous, et si quelque chose en vous, au cœur de vous, là où les autres ne peuvent plus vous atteindre, là où vous seul savez ce qui vous habite, là où tout reste secret, et intact, tremble.

Comment nous étions-nous dit au revoir ? Longtemps, j'ai essayé de retrouver cet instant précis : l'instant de notre séparation. Mais il m'a toujours échappé. À croire qu'il ne s'était jamais produit. Comme si nous ne nous étions pas dit au revoir : il y aurait eu la longue nuit, puis rien. Vous soudain loin de moi, hors de cette nuit fantasmagorique. Nous deux, dans un bruissement assourdissant que seuls vous et moi éprouvions et qui grondait, grondait en nous, puis le silence. Êtes-vous reparti soudainement avec quelqu'un, profitant d'un taxi, d'une voiture, tandis que peut-être je m'étais levée pour aller chercher quelque chose ? Est-ce moi qui ai eu soudain peur, alors que l'aube allait bientôt poindre, de ne plus jamais rentrer chez moi et qui me suis enfuie, puis qui, aussitôt, ai oublié mon geste ? Je n'ai jamais compris comment je ne me souvenais de rien. C'est comme si quelque chose en moi avait nié cet instant, vous et moi qui nous arrachions l'un à l'autre, qui nous abandonnions alors qu'il aurait fallu nous étreindre, oui, peut-être ma mémoire a-t-elle voulu renier une telle absurdité, comme on recouvre d'un drap le corps de ceux qui viennent de mourir brutalement, fauchés en plein éclat.

J'ai peur de vous revoir. Peut-être aurait-il mieux valu en rester là, comme nous l'avons fait depuis six ans, conformément à je ne sais quel accord tacite passé entre nous : ne pas nous revoir, jamais, garder au creux de nous cette longue nuit irréelle comme un secret qui n'appartient qu'à nous. Peut-être, au fond, l'accident est-il celui de notre rencontre, pas du silence qui s'ensuivit. Les vies sont si fragiles, si incertaines. On croit parfois leurs fondations solides, on s'émerveille du chemin parcouru, puis, comme ça, soudainement, pour un éblouissement, elles volent en éclats, se fracassent contre un rêve. Qui peut se prémunir de ça ? Qui peut se croire assez fort pour ne jamais chuter, pour ne pas désirer céder à ce qui un instant l'a fait défaillir ? J'ai peur de vous revoir, mais comme j'en suis heureuse.

Je me lève. J'éteins la lumière. Je marche à tâtons. Lorsque j'étais enfant, parfois, je me relevais le soir, lorsque l'appartement était plongé dans l'obscurité : je voulais un dernier baiser de ma mère. Je marchais à tâtons jusqu'à sa chambre. Il me fallait traverser tout l'appartement qui, la nuit, me paraissait plus immense encore que le jour. J'avais très peur de ce noir, j'avais peur de me perdre à jamais en lui, je craignais que des créatures terrifiantes ne surgissent devant moi et m'emportent. Mais comme j'aimais pourtant aller le chercher, ce baiser.

J'ai mis ma robe bleu pâle, longue, à bretelles, celle que je porte parfois pour aller danser l'été, j'ai mis ma robe bleu pâle pour aller voir ma mère. L'appartement est silencieux. J'entre dans sa chambre. Ma mère est allongée sur son lit. Ses yeux sont fermés. Je ne sais pas si elle dort. Je la regarde : son visage creusé, ses lèvres presque blanches, ses bras si maigres. Il est deux heures de l'après-midi. C'est l'été. Dehors il fait un temps radieux, ça sent le lilas et le chèvrefeuille, les robes sont légères, les cœurs en fête. La fenêtre est entrouverte. Un souffle d'air soulève mollement les rideaux blancs. La pièce est inondée de lumière. Moi qui aime tant le soleil, la lumière, j'ai du mal à supporter une telle clarté dans cette chambre où depuis plusieurs semaines ma mère s'est réfugiée. Je la contemple, les larmes me montent aux yeux. Combien de temps encore ? Combien de temps, avant la fin ? J'aimerais pleurer. Je ne pleure pas. Depuis des mois je ne sais plus pleurer, je ne sais plus crier, le cri qui me dévore est silencieux, j'assiste, impuissante, à la maladie qui nous l'arrache, qui nous l'enlève. Elle ouvre les yeux. Elle me regarde, et tout à coup son visage qui s'éclaire, ce visage faible, épuisé, dévasté par la maladie, qui s'éclaire, comme si la joie le faisait revenir à la vie, et sa voix, exsangue, un murmure, qui chuchote, dans un ravissement qui m'étreint : « Comme tu es belle ! »

Je reste interdite. Je voudrais lui sourire, j'en suis incapable. C'est la première fois que ma mère me dit que je suis belle. J'ai l'impression de redevenir une enfant à laquelle on fait le plus beau des cadeaux. Je suis soudain très heureuse : dans ce fracas de misère, de déchéance, il me semble que nous sommes un instant plus fortes que la mort. Nous lui échappons, le temps d'un éclat. J'aimerais me jeter sur elle, la couvrir de baisers, recevoir les siens. J'aimerais que cet instant ne s'arrête jamais. Je reste immobile. Elle me regarde longuement. Son visage ne s'éteint pas. Il porte ce sourire étrange et beau que je ne lui connaissais pas avant la maladie. Je m'approche doucement du lit. Elle me dit : « Tu es venue ? Tu ne devais pas travailler ? » Je lui réponds que non. Elle a oublié que je ne travaillais plus, que j'avais décidé de tout quitter pour écrire. Elle l'a oublié, et peut-être est-ce mieux ainsi : je ne veux pas qu'elle s'inquiète.

Ses yeux se referment. Elle est épuisée. Elle se tourne contre le mur. Elle ne sait peut-être plus que je suis là, et sans doute cela aussi vaut-il mieux. Ma mère, si belle, qui bientôt ne sera plus là.

Je quitte la chambre sur la pointe des pieds. J'ai mal, mais je porte en moi une douceur nouvelle, inespérée : cet instant de joie dans la nuit, cette consolation.

Deux jours ont passé depuis votre appel. On dit « deux jours », mais c'est inexact : ce sont des heures qui se succèdent, un nombre incalculable d'heures qui s'enroulent et se déroulent sur elles-mêmes, comme figées, comme mortes. Des heures qui appartiennent tantôt au jour, tantôt à la nuit, on ne sait plus vraiment, on s'aperçoit soudain que c'est le jour, puis que c'est la nuit : on ouvre les yeux, cela s'est passé sans nous. On est sorti du temps. Le monde est devenu flou, lointain, sans importance. Plus rien n'a d'importance.

Durant ces deux jours, j'ai essayé d'écrire, encore. J'ai essayé, comme je le fais depuis huit mois. Je n'ai pas pu. Seul le souvenir de ma mère est revenu en moi, lumineux et insupportable.

C'est la première fois que ça m'arrive. Je n'ai jamais eu peur de la page blanche. J'ai toujours pensé qu'on avait besoin de pages blanches pour écrire, de longs moments de silence qui n'en sont pas, qui ressemblent à ce qu'est le corps lorsque tout gronde à l'intérieur mais qu'on ne peut émettre le moindre son, il y a trop de confusion, trop de chaos, il faut attendre, attendre, un peu de clarté peut-être, un peu de paix dans tout ce fracas, pour qu'enfin les phrases soient à nouveau possibles. Oui, j'ai toujours pensé que les défaillances étaient nécessaires, je les ai même aimées, elles me permettaient de mieux renaître à l'écriture.

Mais jamais mes défaillances n'avaient duré aussi longtemps. Huit mois d'impuissance, le désir si grand, qui cogne au-dedans de moi, et l'incapacité d'y répondre, comme si toutes les phrases que j'écrivais étaient des phrases mortes, pétrifiées. Comme si elles ne venaient pas de moi, mais d'une autre, qui me ressemblerait, mais ne serait pas moi. Je ne sais plus où je suis. Peut-être me suis-je perdue quelque part, je ne sais pas où, je ne sais pas quand.

J'ai peur. J'ai peur que ça ne revienne jamais.

C'est étrange que vous m'ayez rappelée maintenant, précisément durant cette période d'impuissance. Vous me demanderez peut-être si je suis en train d'écrire. Je crois que je vous mentirai : je vous dirai oui. J'ai honte de cette impuissance. L'impuissance, c'est le corps et l'esprit qui se traînent à terre, sans énergie, incapables de se relever. On aimerait tant rester toujours debout, dans la lumière, du côté des vivants.

C'est le soir où votre photo m'est apparue dans le journal que ce détail m'est revenu. J'avais voulu, une dernière fois, me souvenir de cette nuit, m'en remémorer chaque instant, chaque parole échangée, chaque silence. Quatre ans avaient passé depuis notre rencontre, durant des jours et des nuits, des semaines, des mois, vous m'aviez hantée, vous, votre visage, votre voix, le gris de votre regard, il m'avait semblé que je n'avais rien oublié, que j'étais parvenue à reconstituer entièrement cette nuit fragmentée, envoûtante, et pourtant ce soir-là, devant votre photo, un détail a surgi, oublié : nous avions parlé de cinéma. Je vous avais avoué combien je le connaissais mal : tant de films importants que je n'avais pas vus, tant de réalisateurs dont j'ignorais le travail. Vous aviez semblé étonné, vous m'aviez demandé pourquoi. Sur le moment, je n'avais pas su vous répondre : je ne m'étais jamais posé la question, le cinéma jusqu'alors ne m'avait pas manqué, les livres avaient comblé tant de choses, depuis l'enfance, depuis toujours. Mais, cette nuit-là, à quelques centimètres de votre visage, pendant cette danse immobile que vous et moi commencions très doucement à entreprendre, soudain je ne comprenais plus pourquoi j'avais vu si peu de films. J'avais essayé de chercher. J'avais eu le sentiment de buter sur quelque chose de très lointain, de très trouble. Je n'avais pas eu le temps de chercher davantage : vous me demandiez si j'avais vu *Le Voleur de bicyclette*. Je vous avais répondu non. Vous m'aviez dit que je devrais. Vous aviez eu un sourire étrange à cet instant, long, doux, plus doux que les autres encore, plus mélancolique aussi – du moins croyais-je m'en souvenir, car de quoi se souvient-on avec précision ? Ne réinvente-t-on pas tout sans cesse, dans l'espoir fou de donner du sens aux instants détachés et flottants de notre vie ? Cela n'avait duré qu'un instant. Le sourire s'était effacé. Votre visage était redevenu celui que je commençais à aimer, celui dont j'aurais voulu qu'il m'emmène loin, très loin, là où je n'étais encore jamais allée.

Nous avions parlé d'autre chose. J'avais oublié.

Une lumière trouble et hivernale enveloppe Paris. Je ne me rappelle pas avoir eu aussi froid depuis longtemps. Je regarde le ciel, qui lentement vire au jaune. Peut-être va-t-il bientôt neiger ? Depuis combien de temps n'a-t-il pas neigé à Paris ? Je me souviens d'un hiver enchanteur, je devais avoir onze ou douze ans, je n'étais plus une enfant, pas encore une jeune femme, la vie me paraissait longue et grise, il s'était mis à neiger plusieurs jours de suite et Paris s'était transformé en une ville blanche et douce, moelleuse. Ma sœur et moi partions ensemble à l'école, nous dévalions les trottoirs le cœur joyeux, nous donnant la main pour ne pas tomber, immanquablement l'une d'entre nous trébuchait, l'autre la rattrapait, j'aimais entendre le rire de ma sœur éclater dans le ciel, à mon tour je riais, étourdie de froid, étourdie de gaieté, je découvrais que la vie pouvait être légère, une vraie fête, j'aimais voir le visage pâle et les lèvres rouges de ma sœur mordues par le froid, ses yeux brillants, elle me semblait si belle, je trouvais qu'elle ressemblait à Blanche-Neige, j'étais fière, je lui serrais la main un peu plus fort, nous étions deux, nous étions ensemble, soudain je savais le bonheur que c'était d'avoir une sœur. Oui, au cours de ces journées blanches et glacées la vie avait pris des allures de conte, elle devenait vaste et riante, la peur m'avait quittée.

Je souris en repensant à cet hiver-là. Plus de vingt ans ont passé, je me sens pourtant si proche de cette enfant un peu perdue, un peu effrayée, qui tout à coup pour un rien, pour un peu de blanc, un peu de féerie, est rendue à la vie. Je me demande s'il en est de même pour les autres, si toutes les vies n'ont pas besoin de se laisser griser pour se délivrer de la peur, l'espace de quelques instants du moins, pour savoir qu'elles sont au monde, vibrantes, éphémères, magnifiques.

Le vent s'engouffre dans les rues. Les passants se hâtent, ils ont froid, ils marchent le visage baissé, enfoui dans des écharpes, dissimulé au regard des autres. Le froid transperce mon corps, brûle mon visage, j'ai presque du mal à respirer tant le vent, maintenant, s'est fait violent. Il est quatre heures de l'après-midi, dans deux heures la nuit sera tombée sur Paris.

Je pense à vous, qui peut-être en ce moment même marchez aussi dans Paris. Je me demande si vous aimez l'hiver, les journées brèves et glacées, les bourrasques de vent, le froid qui fait rougir la peau, qui cisaille le corps, qui coupe le souffle. Je me demande si vous aimez vous promener, marcher longtemps dans les rues, au hasard, sans but précis, vous égarer pour parfois revenir au même point, inopinément. Je me demande si nous nous promènerons un jour ensemble, dans le froid, dans le vent, je divague doucement, vous n'avez sans doute pas envie de vous promener avec moi, vous qui êtes resté auprès de moi toute une nuit de fête puis qui avez préféré vous éclipser, comme si cette nuit n'avait été qu'un long rêve que vous et moi aurions fait ensemble, oui, comment auriez-vous envie de vous perdre avec moi dans Paris, dans le froid, dans l'hiver blanc et givré ?

Êtes-vous en train de penser à notre rendez-vous de demain ? À ce que vous allez me dire ? À votre projet d'écriture cinématographique ? Vous demandez-vous si j'ai changé, si les six années qui se sont écoulées ont transformé mon visage, mon corps ? Si ce qui s'est passé entre nous peut à nouveau revenir nous dévorer ? De quoi vous souvenez-vous ? Quelque chose est-il resté très précisément ancré en vous, une attitude, un geste, un trait, ou tout s'est-il peu à peu estompé ? Le temps finit-il par avoir raison des instants qu'on avait crus inoubliables ?

Me reparlerez-vous de cette fête ? Me direz-vous comment il se fait que nous nous soyons quittés, que nous ne soyons pas repartis dans les bras l'un de l'autre, pour le reste de la nuit, pour le lendemain, pour les jours d'après, et les nuits d'après, et tous les autres jours, et toutes les autres nuits ? Me direz-vous comment il se fait qu'au vertige ait d'un coup succédé le silence ? Me direz-vous comment il se fait que je n'aie plus rien été pour vous et qu'aujourd'hui, après six ans, vous ayez envie de me revoir ?

J'ai peur de vous retrouver. J'ai peur de prononcer votre nom. Je ne le prononce pas. Je l'ai prononcé trop de fois, au cœur de nuits trop longues, trop blanches, à l'aube, à la tombée du jour, dans ces moments où la vie se fait soudain incertaine, comme si quelque chose au-dedans d'elle se brisait et l'empêchait de se poursuivre, ces moments où on doute qu'à la nuit succédera le jour, on ne sait plus, la solitude envahit tout, comme une marée qui n'en finirait pas de monter, elle déborde les mots, les pensées, on ne peut plus parler à celui qui vit avec nous, qui nous accompagne, on serre son enfant contre soi, on ne sait pas s'il a peur mais on voudrait le rassurer, on aimerait qu'il ne connaisse pas ce fracas intérieur, cette impuissance, la vie qui se rompt, manque d'abandonner.

Je vais revoir l'homme qui m'a désarmée toute une nuit, celui que j'aurais suivi à l'aube jusqu'au bout du monde, jusqu'au bout du temps. Très simplement je me serais levée et je l'aurais suivi, le reste n'aurait plus existé, le reste se serait annulé, d'un coup, comme enseveli sous la neige.

Elle danse au milieu du salon. Ses petits bras dessinent des arabesques. Elle tournoie, rit aux éclats, tournoie encore, manque de tomber. Je regarde ses longs cheveux virevolter autour d'elle, son corps d'enfant se mouvoir avec légèreté, gracile, aérien, prêt à s'envoler. Elle ressemble à un oiseau. Je ferme les yeux. Je me revois danser, moi aussi, à son âge. C'était il y a très longtemps. C'était hier. Je ne comprends plus soudain ce qu'est le temps. Elle s'esclaffe. J'ouvre les yeux : elle se tient devant moi, à quelques centimètres, en équilibre sur une jambe, l'autre relevée, les yeux brillants, les joues en feu, les bras à l'horizontale. « Tu dors, maman ? Tu dors debout ? » Je lui souris. « Non, je rêve. »

Quelques instants plus tard. Nous sommes dans sa chambre. Elle est couchée. Je viens d'éteindre la lumière. J'embrasse sa peau tiède de petite fille. Elle se love contre moi, en silence. Je respire l'odeur de ses cheveux. Tout est doux, et heureux. Et brusquement, dans un éclair, comme si quelque chose en moi se déchirait, je pense à vous. Je me demande si vous avez des enfants. Je me demande si vous en aviez lorsque nous nous sommes rencontrés. Vous étiez arrivé seul à cette fête. Moi aussi. J'étais pourtant déjà mariée. Je ne sais plus pourquoi mon mari ne m'avait pas accompagnée. Cette nuit-là, nous avions beaucoup parlé, mais n'avions jamais évoqué nos vies. Non pas qu'elles avaient volé en éclats, mais nous nous étions glissés hors d'elles. À quelques centimètres de votre visage, abandonnée à votre regard gris qui m'avait happée et auquel je n'avais pas eu envie de me dérober, je m'étais échappée. D'où, de quoi, de qui ? Je ne le sais pas. Était-ce moi, était-ce une autre, ce soir-là ? Je crois que c'était bien moi. Peut-être même n'avait-ce jamais été autant moi, aussi librement, aussi légèrement. Et, alors que nous étions restés assis presque toute la nuit sur un canapé en velours gris, très doux, que je revois encore, que je n'oublierai pas, que ma main caressait, et que nous n'avions pas bougé, immobiles, osant seulement à de rares moments quelques gestes lents, très lents, vous ôtant votre veste parce que vous aviez chaud, moi me penchant pour attraper sur un guéridon situé à ma gauche un paquet de cigarettes et un briquet, vous remplissant nos verres de vin, oui, alors que nous étions restés immobiles et que tout tournoyait autour de nous, il m'avait semblé, cette nuit-là, que vous et moi n'avions cessé de danser.

Aurons-nous envie, demain, de nous raconter nos vies ? Ou bien voudrons-nous encore nous en échapper, les oublier ?

Je borde ma fille, l'embrasse une dernière fois. Je l'entends me demander, dans un demi-sommeil : « Maman, est-ce qu'il va neiger cette nuit ? » Ses yeux se ferment déjà. Je lui chuchote que je ne sais pas. « Je voudrais que tout soit blanc demain matin, quand on se réveillera… » Je souris, caresse son visage. Je ne lui dis pas que moi aussi j'aimerais que tout soit blanc demain, tout blanc, et très froid, et très beau. Éblouissant.

J'ai dix ans. J'ai les cheveux longs, la peau pâle, je flotte dans mes vêtements, j'aime pour toute la vie mon amie Céline et je suis amoureuse en secret d'un garçon aux taches de rousseur, Benjamin, dont je rêve, le soir avant de m'endormir, que la bouche se pose sur la mienne. Je suis dans la salle de théâtre de mon école. C'est le printemps. Nous répétons le spectacle de fin d'année, une chorégraphie sur l'air d'ouverture de La Traviata. *C'est la première fois qu'une musique me fait cet effet-là : dès que les premières notes résonnent mon cœur se serre, j'ai envie de pleurer, je détourne le visage pour que les autres enfants ne me voient pas, je ne suis pas triste, c'est autre chose, dont je ne connais pas encore le nom, qui fait bondir mon cœur au-dedans de moi et me donne envie de voler. C'est notre dernier jour de répétition. Nous sommes dirigés par un homme, que nous connaissons peu, qui ne parle presque pas et nous fait un peu peur. Je m'applique. Soudain l'homme interrompt la musique. Il dit, en me regardant droit dans les yeux : « Venez tous près de moi, sauf toi. Je veux que vous regardiez votre camarade danser. Regardez-la bien. Vous allez comprendre ce que c'est que danser.* » *Il ne sourit pas. Je ne suis pas certaine d'avoir bien compris ce qu'il vient de dire. Je me demande si j'ai mal fait quelque chose. Je cherche le regard de mon institutrice. Elle m'adresse un petit signe d'encouragement. Un par un, les autres quittent le plateau. Je me retrouve seule sur l'estrade, seule dans la lumière. J'ai l'impression d'être complètement nue. Je voudrais m'enfuir. Je sens tous les regards rivés sur moi. Les premières notes s'élèvent. Quelque chose tressaille en moi. Je commence à danser. Mon cœur bat à tout rompre. Tout est blanc devant mes yeux, blanc à l'intérieur de ma tête. Je suis comme une aveugle qui danserait dans la lumière. Je n'ai plus les bras de mon partenaire auxquels m'abandonner alors, je m'abandonne à la musique. C'est elle qui fait danser mon corps, qui le fait vibrer, ployer, tournoyer. Très vite, je n'ai plus peur de rien. J'oublie tout. Je fais ce que je sens au-dedans de moi : je danse, je danse. Je m'envole. Je ne suis plus une petite fille. Je ne flotte plus dans mes vêtements : je suis une reine, et Benjamin me regarde.*

C'est fini. Silence dans la salle. La tête me tourne, c'est très agréable. C'est comme si je riais, mais je n'entends pas mon rire. Il est très silencieux, il me secoue doucement à l'intérieur de moi. Je ne sais pas si je suis debout, ou à terre, ou ailleurs. Je ne sais pas ce que je suis devenue. L'homme dit des mots. Je ne les entends pas : ils glissent sur ma peau. En moi tout danse encore. J'ai envie de chanter. Je me demande comment on fait pour se sentir toujours vivant. Pour retrouver cette joie-là, et ne plus la perdre.

La nuit est passée et je suis toujours en vie. J'avance vers vous, vers le lieu de notre rendez-vous. Quel joli mot, ce mot « rendez-vous ». Voyez : je me rends à vous. Je me rends.

Il fait très froid mais il n'a pas neigé, le ciel est limpide, la lumière blanche, très blanche, presque crue. Elle dévore les trottoirs, les arbres, les immeubles. À moins que ce ne soit la lumière au-dedans de moi, celle qui m'inonde tout entière, inconnue et brûlante. J'ai tout oublié : je ne sais plus qui je suis, à quoi ressemble ma vie, quels en sont les contours. J'ai perdu les repères, tous les repères. Je suis emportée, ailleurs, je ne sais pas où.

Êtes-vous déjà arrivé ? M'attendez-vous dehors ou vous êtes-vous assis à une table ? À quoi pensez-vous ? Avez-vous peur ? Avez-vous hâte ? Quelque chose bat-il en vous, comme un tremblement, un souffle très doux et qui pourtant gronde ? Qu'avez-vous fait depuis mardi ? Qu'avez-vous fait depuis six ans ? Aimez-vous l'air d'ouverture de *La Traviata* ? Avez-vous revu *Le Voleur de bicyclette* ? Me demanderez-vous si vous m'avez donné envie de découvrir le cinéma ? Oserez-vous ? N'oserez-vous pas ? Aurez-vous envie que nous évoquions cette nuit-là, cette longue nuit de désir ? Aurez-vous envie que nous l'oubliions ? Qu'est-ce qui est moins dangereux ? Se souvenir ? Oublier ? Qu'est-ce qui est plus violent ?

Je ne sens pas le poids de mon corps. Mon corps ne pèse plus rien. Il est léger, plus léger que celui d'un enfant. Je cours. Je cours vers vous.

Tu es là. Je tombe. Je ne tombe pas. Je contourne la table. Je m'assieds. J'essaie de te sourire. Tu ne dis rien. Tu me regardes. Tu ne m'embrasses pas. Tu es ému. Tu es le même. Rien n'a passé, aucune année, aucune absence. La longue nuit s'achève à peine. Je ne sais plus rien de ma vie d'avant, je ne sais rien encore de celle qui commence. Plus rien n'existe que cet instant, moi en face de toi, nos corps séparés par une petite table en bois, nos visages saisis dans la même lumière laiteuse de cette heure de décembre. Tu es là.

Je le regarde. Il me parle. Ses yeux sur moi, qui ne me quittent pas. Sa voix, chaude, grave. Elle me bouleverse. Elle résonne en moi, partout. Je la retrouve. Je la laisse me reconquérir. Je m'y abandonne. Je n'écoute pas tout ce qu'elle me dit : le sens de ces mots-là me paraît moins essentiel que les sons qu'ils produisent entre eux, leur mélodie légère. Parfois, il rit. J'aime entendre ce rire joyeux puis le mien qui, presque aussitôt, s'échappe de ma gorge. À d'autres moments, il se tait. Je me tais avec lui. Nos silences sont pleins de mots. Nos silences sont pleins de questions. Ils sont notre attente. Tout ce que nous savons déjà, tout ce que nous prenons tant de plaisir à ne pas savoir encore. Nos silences me donnent envie de fermer les yeux. Je garde les yeux ouverts : je le regarde.

Je regarde sa main caresser le verre, lentement. J'aime ce mouvement lent de va-et-vient, cette caresse, si près de ma main. Je regarde ses yeux, si gris, si clairs, on dirait les yeux d'un chat, ils m'attirent, j'aimerais m'y perdre, sombrer au-dedans d'eux, j'aimerais savoir où ils peuvent m'emmener, jusqu'où, à quoi ressemble l'abandon de ces yeux-là, la couleur qu'ils prennent lorsque eux aussi chavirent, lorsque eux aussi ont tout oublié. Je résiste encore, je lutte, je sais que je ne résisterai pas longtemps, les yeux soudain sourient puis restent rivés sur moi, ils cherchent quelque chose, je ne sais pas quoi mais je crois que ce quelque chose, j'aimerais le leur donner. Je regarde sa bouche. Je la trouve très belle. J'aimerais qu'elle s'approche de mon visage, lentement. Très lentement et très près.

Je m'appelle Maud, je suis dans un restaurant, il fait sombre, c'est l'après-midi, j'ai bu du vin, quelque chose bat en moi et se déchire.

– Vous voulez un autre verre de vin ?
– Non, merci. Et vous ?
– Oui, moi j'en reprends un. Vous ne buvez rien… et vous n'avez rien mangé…
– Mais si.
– Mais non…
(Sourire.)

(Silence.)

– À quoi pensez-vous ?

– À rien. Je crois que je ne pense à rien. Je vous écoute. Je suis bien.

Je lui souris. Il ne parle plus. Il me regarde. Moi aussi. Tous les deux nous nous perdons l'un dans l'autre, longtemps.

Avec certains êtres, très rares, il faudrait ne pas parler. Il faudrait tout de suite être dans les bras, caresser le visage, les paupières, les joues, les lèvres, les effleurer d'un doigt, lentement d'abord, puis dans un baiser, passionnément. S'embrasser. S'étreindre. Les mots sont inutiles. Les mots viendraient plus tard, confirmer ce que les corps ont su dès les premiers instants.

– Vous étiez déjà venue ici ?

– Non, jamais. Ça me plaît. C'est calme, il n'y a personne. On y est bien.

– Qu'allez-vous faire cette après-midi ?

– Je ne sais pas. Vraiment, je ne sais pas. Écrire, peut-être. Mais je ne sais pas si je pourrai.

Je n'ose pas dire : je ne ferai que penser à vous. Bien sûr, je ne ferai que penser à vous. Comment pourrais-je avoir la force ou le désir de faire autre chose ? Revoir vos yeux, revoir votre bouche. Me souvenir de chacun de vos mots. M'abandonner encore davantage à vous. Vous laisser vous emparer de moi.

Tout ce qu'on n'ose pas dire et qui se perd, au plus profond de soi, dans la nuit du corps. Tous les silences dans lesquels le désir vient s'engouffrer, puis gronder. Tous les silences, plus troublants que les mots les plus inavouables.

Je bois encore un peu de vin. J'aime le sentir couler dans ma gorge, puis descendre en moi, m'envahir. J'aime sentir la tête me tourner un peu, très légèrement. Un lent étourdissement.

– Ça vous arrive, de ne pas pouvoir écrire ?

– Oui. Parfois je veux écrire, mais je ne peux pas, j'en suis incapable. C'est en moi, je le sens, c'est là, mais je ne peux pas. Je ne peux pas. Je ne sais pas retrouver le chemin qui me mène à ça, à ce que j'ai en moi. Je ne sais plus où je suis. Ça dure parfois très longtemps.

– C'est difficile ?

– Oui, lorsque c'est comme ça, c'est difficile. C'est douloureux. J'ai l'impression, lentement, de m'asphyxier. Je panique. Je suis prise à un piège. Le piège est en moi, quelque part. Je le sais, mais je tombe dedans. Je tombe. On aimerait toujours que le livre qu'on est en train d'écrire nous sauve.

– Vous sauve de quoi ?

– De la vie qui meurt en soi.

– Parce qu'elle meurt en vous, la vie ?

– Parfois, oui. Parfois, elle meurt. Je ne la sens plus. Je la perds. C'est comme si mon cœur ne battait plus.

Il est penché vers moi, immobile. Il écoute chacune de mes paroles. J'aime son regard plongé dans le mien, qui ne me quitte pas. J'aimerais lui dire que parfois l'écriture est une joie. Que j'aime commencer un livre, parce que commencer un livre, c'est me perdre et me débattre dans tout ce que je ne sais pas et que je pressens, c'est avoir tout oublié et chercher quelque chose, c'est tout attendre et ne rien attendre, jusqu'à ce que soudain, soudain, quelque chose apparaisse, qui ressemble à une lumière : je sais alors que la nuit ne m'a pas engloutie, du moins pas encore, puisqu'il y a un chemin possible. Le livre, peut-être, pourra s'écrire, et moi, vivre.

L'écriture, comme l'amour, permet de tout oublier. L'écriture, comme l'amour, permet de renaître.

Je ne dis rien. Je me dis que je pourrai le lui dire plus tard, une autre fois. Il me semble que nous avons tant de temps.

Sa voix, très basse :

– J'aimerais vous revoir.

Pourquoi ce qui emplit mon corps de joie provoque-t-il aussi un tel affolement ? Je fuis son regard, je baisse les yeux. Je murmure : « Moi aussi », si bas qu'il n'a peut-être pas entendu.

J'aimerais ne pas fuir son regard. J'aimerais ne pas baisser les yeux. Garder les miens rivés dans les siens et soutenir leur éclat, soutenir leur désir. Leur signifier le mien.

J'aimerais ne pas me sentir aussi désarmée.

Il attrape son paquet de cigarettes. J'entends le crépitement de l'allumette, j'aperçois la flamme, minuscule, vacillante. Un rien pourrait l'éteindre. Elle ne s'éteint pas. Il allume une cigarette, aspire une première bouffée. Il ferme les yeux une fraction de seconde, les rouvre aussitôt. D'une main il dissipe la fumée. Nous nous retrouvons.

– Pourquoi ne m'avez-vous jamais appelée ?

J'ai posé la question dans un souffle. Nous sommes si près l'un de l'autre. Quelque chose est passé dans son regard, qui s'est fait plus grave. Il ne répond pas tout de suite. Il aspire une deuxième bouffée. Volutes blanches et vaporeuses autour de nous. Je reste immobile. J'attends. Je sais déjà qu'il n'y aura pas de réponse.

– Je ne sais pas, Maud. Enfin… ce n'est pas tout à fait vrai. Je crois qu'au fond je le sais, mais je ne le sais pas non plus. Comment vous dire ?

Il se tait à nouveau. Ses yeux gris s'échappent. Je me demande où ils s'en vont, vers quels refuges que je ne peux atteindre.

Puis il reprend, très doucement :

– Je crois que j'avais peur. J'avais peur de vous et moi.

J'aimerais fermer les yeux, et renverser la tête, et pleurer. J'aimerais vous dire quelque chose.

Je reste silencieuse. Je suis impuissante à trouver les mots. J'ai toujours été impuissante à trouver les mots.

Le serveur passe plusieurs fois près de nous, ostensiblement. Il a terminé de desservir les dernières tables. Son visage est fermé, tendu : il désire sans doute que nous nous en allions, que nous le laissions tranquille, afin qu'il puisse finir son service et se reposer avant celui du soir. Je jette un coup d'œil circulaire à la salle : celle-ci est vide, nous sommes les derniers clients. Je ne m'en étais pas rendu compte. Je n'ai rien vu, rien entendu : pendant tout ce temps, il n'y a plus eu, au monde, que cet homme et moi. Sur le comptoir, quelques verres vides. Les lumières, malgré la pénombre, sont éteintes. Il flotte dans la pièce un parfum d'abandon. Je me surprends à rêver : peut-être cet homme et moi resterons-nous à jamais les derniers clients de ce restaurant, peut-être personne après nous ne reviendra-t-il s'asseoir sur ces chaises en bois, sur ces banquettes de moleskine usée, peut-être ce jour-là est-il aussi un dernier jour ?

Je me demande tout à coup si quelque chose est en train de commencer, ou de finir.

– Il faut tout de même que je vous parle de mon projet. N'oubliez pas que c'est la raison pour laquelle je vous ai appelée…

J'aime le voir sourire : lorsqu'il sourit, son visage s'éclaire, quelque chose de l'enfance apparaît.

– C'est vrai. Vous voyez, j'avais déjà oublié…

– Je voudrais que vous m'aidiez à adapter un texte pour le cinéma.

– Lequel ?

– Un texte que j'aime par-dessus tout. Je vous l'ai apporté. J'aimerais que vous le lisiez. J'aimerais que vous me disiez ce que vous en pensez.

– Mais pourquoi moi ? Vous savez bien que je n'ai jamais travaillé pour le cinéma…

Il ne répond pas tout de suite. Il me semble, mais

j'ai peut-être rêvé, que son regard s'est voilé. Quelque chose d'imperceptible, une mélancolie soudaine. Puis sa voix à nouveau, presque un murmure :

– Parce que ce texte est très singulier. Parce que j'y tiens tant, que je ne saurai pas l'adapter tout seul. J'ai essayé, mais je n'y arrive pas. Je ne sais pas comment le prendre, comment le travailler... J'ai besoin d'un autre regard. Et j'ai pensé que ce regard pouvait être le vôtre. Aussi étrange que ça puisse vous paraître, vous êtes la seule personne avec laquelle j'ai aujourd'hui envie de partager ça.

Il ne m'a pas regardée. Il ne m'a pas souri. Il a continué à fumer sa cigarette et son regard s'est perdu loin, très loin, ailleurs, et j'ai songé qu'il ressemblait terriblement à l'homme que j'avais gardé en mémoire, qui s'était approché très près de moi mais dont je m'étais parfois demandé si je ne l'avais pas rêvé, je veux dire, inventé. L'homme dont la voix, le regard, m'avaient obsédée des nuits entières tandis que ses traits lentement s'effaçaient, alors que j'aurais tant voulu les conserver en moi, l'homme dont les mains et les yeux, toute une nuit de fête, n'avaient cessé de me frôler, de me signifier leur désir, puis s'étaient tus, inexplicablement, m'abandonnant au silence. Oui, en voyant son regard brusquement si lointain, je me suis dit qu'il faisait partie de ces êtres dont on pense parfois avoir saisi quelque chose et dont, l'instant d'après, on ne sait plus rien, et que c'est peut-être ce que j'aimais chez lui, ce mystère, cette liberté qui émanaient de lui. J'aurais aimé le retenir.

– À quoi pensez-vous ?

Cette fois, c'est moi qui lui ai posé la question. Il sourit. Les yeux de chat se plissent en un éclair rapide, aigu, puis reviennent se poser sur moi. Il me regarde longuement puis murmure :

– Je pense que je ne devrais pas vous dire ce à quoi je pense. Je pense que je n'ai pas encore bu assez de vin pour avoir ce courage. Je pense que l'après-midi est déjà très avancée et qu'il faut que je retourne travailler.

Puis, se penchant un peu plus vers moi, son visage très près du mien, son visage qui m'envahit :

– Je me demandais quand nous allions nous embrasser.

J'ai peut-être souri. Je ne sais pas si j'ai souri. Je me suis sentie trembler, dans tout mon corps, et cela n'en finissait pas. C'était bon, si bon que je ne me rappelais pas m'être jamais sentie aussi vivante. J'aurais aimé le lui dire. Je me suis tue.

J'aurais voulu que nous nous attardions. Prolonger l'enchantement. Le temps s'était dilaté depuis que nous nous étions retrouvés. Depuis quand étions-nous assis à cette table ? Une heure ? Quatre heures ? Je n'aurais su le dire. Nous n'étions plus en décembre, nous n'étions plus en hiver. La neige ne tomberait plus jamais. Je n'attendrais plus rien.

– Je peux le voir, ce texte ?

– Le voilà.

Il s'est penché à terre, a ouvert une sacoche noire en vieux cuir que je n'avais pas remarquée. Il en a ressorti une grande enveloppe en papier kraft et me l'a tendue. Rien n'y était inscrit. Avant même que je la saisisse, j'ai entendu ses paroles :

– Je vous en prie, ne l'ouvrez pas tout de suite. Vous lirez le texte chez vous. Je préfère.

J'ai hoché la tête et posé l'enveloppe sur la table. J'aurais aimé la garder contre moi. J'étais heureuse qu'il ne m'ait rien dit du texte.

– Je suis désolé, il faut vraiment que j'y aille, Maud.

– Bien sûr, bien sûr.

Il se lève. Me sourit. Je me lève à mon tour, précipitamment. Il me tend mon manteau. Je le regarde mettre le sien. Je me souviens alors, dans un éclair, comme il avait enlevé sa veste, il y a six ans, si soudainement alors que nous parlions, se redressant, murmurant : « J'ai si chaud. Pardonnez-moi, j'ai si chaud. » N'avais-je pas souri ?

Je contourne la banquette. En arrivant à sa hauteur je frôle son corps, je frôle sa main. Son parfum me parvient, que j'aime déjà. Nous nous regardons, nous ne disons rien. Nous ne sourions plus.

Il me laisse passer la première. J'aime sentir son regard dans mon dos. Je traverse lentement le restaurant désert. Le serveur nous ouvre la porte, « Au revoir madame, au revoir monsieur », je lui rends son salut, nous sommes déjà dehors.

Dehors, c'est l'hiver, splendide et glacé. C'est la lumière du jour qui nous surprend et nous ramène au monde, aux autres, au mouvement. C'en est presque violent. Je pense : « Il va falloir nous quitter là, comme ça, sur le trottoir. C'est absurde. »

J'entends alors sa voix, un souffle à mon côté :

– Vous reprenez le métro ? Je vous raccompagne.

Le cœur qui bondit en moi. Ses battements affolés. Je ne sais plus où est le métro. Les métros n'existent plus. L'avenir n'existe pas. Il n'y a que le présent, qui déborde tout.

C'est la première fois que nous marchons côte à côte. Rues désertes. Paris silencieux. Où sont les autres ? Le soleil déjà bas dans le ciel, qui caresse les murs, les trottoirs, les arbres, d'une lumière rasante. Il ne dit rien. Je ne dis rien. Nous sommes ensemble. Je crois que nous sommes heureux. Nous marchons lentement, de plus en plus lentement. Mon corps défaillant. Cette effrayante lenteur, je tombe dans ses bras. Je marche droit, pourtant. Je marche droit. Nous ne nous touchons pas. Ce ne sont pas nos corps qui se touchent. C'est autre chose.

Où commence le désir ? Dans le ventre, qui s'ouvre et gémit ? Dans la tête, qui rêve d'images blanches et éblouissantes, fleurs éclatées ? Dans les mains, qui frémissent ? Dans la bouche, qui n'a qu'une hâte, se presser contre l'autre visage, contre l'autre bouche, contre l'autre main ?

La rue, longue devant nous, qui n'en finit pas. Parviendrons-nous jamais au bout ? La vie ne se passera-t-elle pas désormais à marcher ainsi, côte à côte, lentement, sans plus jamais nous arrêter ? Tout est dilaté. Tout est ouvert. C'est long, et lent, et bon.

Je marche à côté de toi, j'entends mon cœur qui bat, douceur et violence, je suis déjà à toi, abandonnée, je sens ton parfum qui m'enveloppe, prends-moi dans tes bras, prends-moi dans tes bras.

La joie en moi, brûlante.

Il dit :

– Nous y sommes.

Je lève les yeux. J'entrevois, derrière son épaule, la station de métro. Il est tout près de moi. Je l'entends qui répète, plus bas encore :

– Nous y sommes, Maud.

J'aime entendre mon prénom dans sa bouche. Il le prononce bien, il le prononce avec douceur. Dans sa bouche, j'aime m'appeler Maud.

– Oui.

Nous nous regardons. Je voudrais lui sourire. Je n'y parviens pas. Les larmes me montent aux yeux. Les larmes de joie, à l'inverse de la douleur, sont si soudaines qu'on ne peut les prévenir. Elles ne coulent pas. Elles demeurent au bord des paupières, figées, brillantes.

Je sens son odeur, qui m'enveloppe. Il m'attire contre lui. Je ferme les yeux. Il dépose un baiser sur mon front, un baiser lent et chaud.

– C'était bien, je murmure.

Tant d'autres choses que j'aurais voulu lui dire. Tant d'autres mots. Je suis démunie. Mais je sais qu'il sait. Ce qui se passe entre nous n'a pas besoin de mots pour se dire. Ce qui se passe entre nous dévore tous les mots.

Il hoche la tête et me sourit. Les yeux de chat s'étirent en deux éclairs gris, brefs, pénétrants. Ils m'aspirent. Ça n'a duré qu'une seconde, ça durera toute ma vie, je le sais déjà. Je tombe en toi.

J'aimerais fermer les yeux. Je ne peux pas. Je reste immobile, saisie.

– Oui.

– Allez-vous-en la première. Je vous regarde partir.

Sa main, dans un geste très doux, vient effleurer ma joue, puis descend sur mon cou. Il la retire déjà. J'ai peut-être rêvé.

– Bon. Je vous laisse, alors.

Je ne demande rien : pas un baiser, pas une caresse. Je pense que c'est le premier jour, la vie soudain longue, très longue et si brève, je pense que l'unique raison pour laquelle une vie vaut d'être vécue c'est l'amour, c'est une évidence soudain, la seule certitude possible, une vie sans amour ça n'est rien, ça n'a aucun sens, ça ressemble à la mort, au temps inutile et perdu, c'est la misère du corps et la misère de l'âme, on en oublie le ciel et la ligne d'horizon. Je regarde une dernière fois cet homme, je pense qu'un peu de ma chair est déjà en lui, j'ai été foudroyée par quelque chose. Je pense que ce foudroiement va continuer longtemps, longtemps.

– À bientôt. Je vous appelle dès que j'ai lu le texte.

D'une main je lui envoie un baiser, comme le font les

enfants parfois. Je ris. Tout est si joyeux. Il sourit encore. J'aime son sourire. Son visage s'éclaire. Il penche légèrement la tête. Je m'engouffre dans les escaliers du métro.

Moi qui ai toujours eu peur de perdre ceux que j'aime, je n'ai pas eu peur de lui dire au revoir.

Je m'en suis souvenue une nuit. C'était peu de temps après avoir aperçu votre photo dans le journal. Deux ou trois semaines peut-être. Je me suis réveillée brusquement, mon cœur battait, je n'ai pas tout de suite compris ce qui se passait. J'ai d'abord pensé que ma fille m'avait appelée, ou que ses pleurs m'avaient réveillée en sursaut. Je me suis redressée dans mon lit, j'ai écouté : l'appartement était plongé dans le silence. C'est alors que j'ai su ce qui m'avait réveillée. Je l'ai su parce que c'était là, à nouveau, en moi, un éclair qui me traversait :

Le Voleur de bicyclette, je l'avais vu, il y a longtemps. Je m'en souvenais tout à coup. Moi qui, il y a quelques jours encore, devant votre photo, me troublais une nouvelle fois, tentais de me ressaisir, n'y parvenais pas, impuissante à détacher mon regard de votre visage qui s'enfuyait ailleurs, qui vous contemplais dans un indéfinissable mélange d'hébétude, de bonheur et de douleur, ça, soudain, en pleine nuit, je le savais, avec certitude : *Le Voleur de bicyclette*, je l'avais vu.

Comment ma mémoire, en pleine nuit, s'était-elle frayé un chemin aussi loin, jusqu'à ces années d'adolescence dont j'avais conservé très peu de souvenirs et qui, après la mort de ma mère, avaient un peu plus sombré dans l'oubli ? Comment avait-elle retrouvé cet épisode ?

La chose la plus étrange était que je me rappelais avoir vu ce film, alors qu'il ne m'en restait presque rien : je n'aurais pas été capable de restituer l'histoire, ni même certaines scènes. La certitude de l'avoir vu ne tenait pas aux souvenirs que j'en avais gardés. Ça tenait à autre chose, mais à quoi ? À quoi ?

Il y avait bien une image, une seule, aveuglante comme un flash de lumière : le regard effrayé, désespéré, que lance le père à son petit garçon, et l'épouvante que lui renvoie ce dernier. Tels que je les revois, tous les deux ne se disent rien : ils sont dans le silence, traqués. Le tourment de leur regard, et eux qui ne peuvent pas se parler. Eux qui sont empêchés. Je sais que cette image, c'est une image du *Voleur de bicyclette*. Je le sais, mais je ne sais pas pourquoi, ni comment. Je le sais, et cette certitude qui me réveille en cette nuit d'automne, après ces longs jours vagues et poignants, incertains, ressemble à une lumière, de celles qui, dans la nuit vaste, montrent un chemin possible.

Où avais-je vu *Le Voleur de bicyclette* ? Quand ? Avec qui ? Pourquoi l'avais-je oublié ? Pourquoi m'en souvenais-je maintenant, quelques jours après avoir revu votre visage dans le journal ? Quel était le sens de ce flash soudain ? Y avait-il seulement un sens à chercher ? Peut-être mon cerveau, de nouveau en proie à la confusion, avait-il trouvé comme ultime recours celui de s'en aller puiser loin, très loin en moi, là où c'était encore un peu l'enfance, là où régnaient encore quelques certitudes – mais peut-être aussi tout cela ne signifiait-il rien du tout, peut-être le souvenir n'avait-il surgi que pour se perdre à nouveau, comme ces éclairs de chaleur, les nuits d'été, si inattendus et si fugitifs qu'on se demande parfois si on ne les a pas rêvés. Oui, peut-être tout cela n'était-il rien de plus que le flamboyant signe de mon désarroi ?

Les questions se sont à nouveau bousculées dans ma tête. Ce n'était pas douloureux : ça ressemblait à une chute sans fin. En moi je tombais, je tombais, cela n'en finissait pas. Pourquoi le simple fait de revoir votre visage sur une feuille de papier m'avait-il à nouveau tant émue ? Pourquoi le désir que j'éprouvais pour vous me désarmait-il autant, comme si pour la première fois de ma vie le désir que j'éprouvais pour un homme m'atteignait au plus profond et bouleversait mon être, le modifiait, le saisissait ? Pourquoi ce désir-là me faisait-il éprouver ce que la vie avait de plus brûlant, de plus libre, de plus faillible, tout en réveillant en moi la présence de la mort dans la vie ? Pourquoi m'aviez-vous parlé du *Voleur de bicyclette* ? Y avait-il dans ce film quelque chose à comprendre qui nous concernait ? Une réponse à toutes les questions qui ne cessaient de tournoyer dans ma tête, comme des aigles immobiles et immenses, prêts à fondre sur leur proie et à l'engloutir ? Qui était la proie ? Qui était l'aigle ? Pourquoi revoyais-je le père et le fils enfermés dans le silence ? Étaient-ils silencieux dans le film ?

Ce silence, était-ce le mien ? Celui dans lequel je vivais à l'âge où j'avais vu *Le Voleur de bicyclette*, lorsque j'avais tant de mal à parler, à dire ce que j'éprouvais, et que je ne savais pas encore que l'écriture me permettrait un jour de m'accorder au monde ? Ou celui d'aujourd'hui, dans lequel je me débattais, parce qu'il me semblait qu'après vous être approché très près de moi, là où je n'avais encore jamais laissé personne s'aventurer, vous m'aviez abandonnée ?

J'étais là, dans la nuit, allongée, dans mon lit, saisie par une certitude, dévorée de questions. J'étais, au même instant, dans la lumière et les ténèbres. Une unique chose que je savais, fragile, petite, sans importance peut-être, et tout le reste, qui m'échappait. Un flash, et mon désir pour vous, qui demeurait sans réponse.

Je me suis levée. J'ai marché, pieds nus, jusqu'au salon. J'ai ouvert la fenêtre. La nuit était tiède. J'ai senti, sur mon visage, le souffle de l'air, et c'était comme une caresse, longue, et lente, et apaisante. J'ai pensé à vous qui n'aviez jamais pris mon visage entre vos mains. J'ai pensé à votre bouche, à vos yeux, à vos mains. J'ai essayé de les revoir. Je n'y parvenais pas : vos traits se dérobaient à moi. C'était douloureux.

Longtemps après, très longtemps après, je suis retournée me coucher. Ma fille et mon mari dormaient profondément. Je me suis laissée tomber sur le lit. La tête me tournait légèrement, comme si j'avais bu. Je n'avais rien bu. J'aurais aimé être dans vos bras. Puis le sommeil est venu, je me suis sentie m'abandonner, c'était doux et bon, c'était enfin un peu de paix en moi, un peu de paix dans mon corps. Je crois qu'au dernier moment, juste avant que le sommeil ne m'emporte, sans rien savoir de ce que serait le lendemain, je me suis demandé si je reverrais *Le Voleur de bicyclette*.

L'hiver, les crépuscules n'existent pas : c'est le jour, puis, soudain, c'est la nuit. La douceur des fins de journée d'été paraît lointaine, presque improbable.

La nuit vient de tomber, profonde et glacée. Les réverbères éclairent faiblement les rues. Je marche depuis longtemps malgré le froid. Rentrer tout de suite chez moi m'a semblé impossible : votre voix, vos rires, vos silences continuaient à résonner en moi. Votre regard ne me quittait pas. Je me suis enfoncée dans les rues, au hasard.

Je songe au texte que vous m'avez donné. Je ne vous ai pas demandé comment vous l'aviez découvert, quand, dans quelles circonstances. Je ne vous ai pas demandé qui l'avait écrit. La seule question que j'ai osé vous poser est celle qui m'a si longtemps obsédée, et qui a sans doute étouffé toutes les autres. Je repense à ce que vous m'avez répondu, qui ne ressemble pas à une réponse mais à un aveu, ces mots incertains et heureux. Me voici maintenant dans la nuit de décembre, longeant la Seine, l'eau lisse et moirée, j'ai dans les mains cette enveloppe que j'aimerais tant déchirer mais je me l'interdis, attendre, attendre encore, je marche lentement, le froid transperce mon dos, ce n'est pas douloureux, c'est presque agréable, un plaisir physique, l'abandon du corps qui ne lutte pas, qui se laisse engourdir, je sais que si ce texte n'avait pas existé vous ne m'auriez peut-être pas rappelée, nous ne nous serions pas revus, aurions été à jamais perdus l'un pour l'autre. Je serre l'enveloppe contre moi.

Je suis arrivée dans ma rue. Je pense à ma fille, qui se jettera dans mes bras lorsque j'ouvrirai la porte. Elle sera joyeuse, virevoltera autour de moi, sa voix claire me racontera une multitude d'événements qui se seront produits tout au long de sa journée. Je l'écouterai, je ne comprendrai pas tout, je sourirai. Je serai heureuse de sentir sa légèreté, son impatience. Les états de l'enfance sont si pleins, si riches. L'enfance frémit. Elle est résolument du côté de la vie. Même les moments où il ne se passe rien sont peuplés de rêves, d'êtres imaginaires, de questionnements. Les vides n'existent pas. Pas encore. Les vides viendront plus tard, lorsque les vies commencent à se distendre, lorsque les joies et les douleurs se font moins violentes, moins excessives. Lorsqu'on comprend que malgré tout, on continue à vivre. Lorsqu'on commence à moins attendre.

À un moment, je ne sais plus si c'était au début ou à la fin du déjeuner, vous m'avez demandé si j'écrivais ce que je vivais, ou ce que j'aurais aimé vivre. Il m'a semblé que votre regard, qui ne me quittait pas, m'enveloppait soudain avec une acuité plus grande. Je ne vous ai pas répondu tout de suite. Je crois même avoir fermé les yeux pour être certaine de bien comprendre votre question. Je ne sais pas pourquoi j'ai pensé, dans un éclair, à ma mère, qui quelques semaines avant de mourir avait murmuré une phrase que je n'ai pas oubliée, à laquelle je pense souvent, qu'aujourd'hui encore je ne suis pas sûre d'avoir parfaitement comprise mais que j'aime me répéter certains jours : « Finalement, ça ne servait à rien d'avoir peur, il aurait fallu avoir encore plus envie. » J'ai ouvert les yeux. Je vous ai regardé. Vos yeux gris étaient plongés en moi, ils ne m'avaient pas quittée. Vous étiez parfaitement immobile, vous étiez avec moi. Vous m'attendiez. J'ai eu envie que vous m'embrassiez. Je vous ai répondu, très bas, que lorsque j'écris je ne sais plus où je suis. Il n'y a plus de limites : je suis en moi, très profondément, et ailleurs, je ne sais pas où. Un ailleurs vaste, très vaste. Je suis partout. Je suis éclatée. Et j'écris ça, ce que je suis, cet éclatement. Ce que je vis et ce que j'aimerais vivre se rejoignent. C'est la même chose. Je vis ce que j'écris. Écrire, c'est faire cette expérience-là.

Vous avez hoché la tête. J'ai aimé que vous me compreniez. J'ai aimé que ma réponse, inachevée, vous satisfasse. Que vous ne me demandiez pas ce qui se passe après, lorsque j'ai cessé d'écrire.

Avant de franchir la porte cochère de mon immeuble, je me retourne une dernière fois, scrute la nuit profonde. Je pense à ma mère. Pourquoi le ciel que le regard ne peut à lui seul embrasser nous fait-il penser aux morts, eux qui sont sous terre, en poussière, décomposés ? Pourquoi a-t-on besoin de les croire là-haut, célestes, triomphants ? De quoi triomphent-ils ?

Le vent souffle un peu plus à mon oreille. Je frissonne. J'ai froid soudain. Ma mère me manque. Colère au fond de moi. Alors quoi, que peut-on apprendre de ceux qui avant nous ont été vivants ? Rien ? Pourquoi leur disparition nous laisse-t-elle dans le silence, errants, ayant le sentiment d'avoir été abandonnés ? Toutes les vies se passent-elles donc à tout réapprendre, indéfiniment, tout réapprendre et pourtant ne rien savoir, tâtonner, comme des aveugles les yeux grands ouverts, chercher quelque chose sans savoir ce que l'on cherche, tomber, et se relever, et tomber encore ? Et ainsi jour après jour, jusqu'à ce que la mort nous rende au silence ?

Ma main glisse sur la porte en bois. Elle s'entrouvre. Je pense à vous. Je ne sais rien de votre vie. Je n'en sais rien de plus qu'au lendemain de cette longue nuit, il y a six ans. Je ne sais pas si vous êtes marié. Je ne sais pas si vous habitez avec quelqu'un. Si vous avez des enfants. Je ne connais même pas votre âge… La seule chose que je pourrais affirmer, c'est que vous écrivez pour le cinéma. Le reste me fait tant vaciller, que je ne sais s'il vous appartient, ou s'il est ce que mon désir a fait de vous. Oui, tout le reste, je ne saurais le nommer, ni le partager avec quiconque. C'est quelque chose qui m'appartient, qui *nous* appartient peut-être, un fragment de vous qui me dévore.

J'introduis la clef dans la serrure, j'ouvre la porte de l'appartement. J'aimerais continuer à penser à vous, me remémorer vos phrases. Je n'en ai pas le temps : déjà ma fille est là, blottie entre mes bras. Elle rit. Elle m'embrasse. Je ferme les yeux. Je sais que cet amour-là ne ressemble à aucun autre : je n'en attends rien. Il est total, sans réserve. Je la serre contre moi. Elle se tait soudain. Elle m'observe avec attention, puis se réfugie à nouveau dans mes bras. Toutes les deux nous nous berçons l'une contre l'autre, en silence. J'aime qu'elle ne dise rien.

Ma mère traverse l'appartement. Elle court. Elle ne fait pas de bruit. Elle court en silence, affolée. Elle veut cacher l'affolement. Je le lis dans son regard : ses yeux sont devenus immenses. Elle ressemble à une grande petite fille. Elle passe à nouveau devant moi. Elle ne me voit pas. Je n'existe plus. Elle ne me dit plus « Ma poulette », elle ne me dit plus « Ma chérie ». Elle court, elle court, elle toujours si discrète. Je ne sais pas où aller. Je me réfugie dans la chambre de mon frère. Il est plus petit que moi. Il est doux. Ses cheveux forment des bouclettes qui lui donnent l'air d'un ange. Je l'aime beaucoup. Lui aussi a vu l'affolement : il s'est caché derrière les rideaux. Il attend, assis, le regard dans le vague. Je m'approche, je m'assieds à côté de lui. Tous les deux nous nous taisons. J'entends sa respiration, lente, régulière. Je ferme les yeux. J'imagine que nous sommes sur un bateau, nous voguons sur la mer, loin de tout. Tout est beau, tout est bleu, tout est immense. J'entends soudain sa voix, très basse, un chuchotement : « Tu crois que papi, il va être mort ? » Je sursaute, je me tourne vers lui : lui aussi a les yeux fermés. Je ne réponds rien. Je prends sa main dans la mienne et la serre très fort. Nous voguons ensemble.

D'où vient l'amour ? D'où vient le sentiment amoureux ? Du présent, ou du passé ? De ce que le corps éprouve et dont il est irradié, ou de ce dont il a manqué et après quoi il ne cesse de courir ?

Je pense à mon père. Mon père aimait le cinéma. Mon père aime le cinéma. Lorsque nous vivions tous ensemble, ma sœur, mon frère, mes parents et moi, il y a quelques années, il y a très longtemps, un temps qui appartient à un autre espace, refermé à tout jamais et que je ne peux plus rejoindre, lorsque ma mère vivait encore, mon père, le soir, regardait des films. Quantité de vieux films, qu'il avait lui-même enregistrés. Mon père est un homme très organisé : il repérait, sur les programmes télévisés, les films qu'il aimait et qui la plupart du temps étaient diffusés tard dans la soirée ou au début de la nuit. Il les enregistrait, notait au crayon à papier, de son écriture minuscule, singulière, illisible, le titre et le nom du réalisateur, et conservait toutes les cassettes – à l'époque, il s'agissait de cassettes et non de DVD – sur les étagères en bois de la grande bibliothèque familiale. Plus tard, bien plus tard, lorsque l'appartement a été déserté, après la mort de ma mère, je suis souvent revenue dans cette pièce, la seule que je continuais à aimer puisque c'était là qu'étaient tous les livres. Je revenais vers le silence de mon enfance et de mon adolescence, le cœur battant, sur la pointe des pieds. Je parcourais du regard les rayonnages. Chaque fois, mes yeux s'arrêtaient sur ces cassettes, sur cette écriture pâle qui peu à peu s'effaçait. Je savais qu'un jour elle disparaîtrait. J'aimais relire ces titres, ces noms. Il me semblait qu'on me prenait dans les bras.

Le soir, mon père rentrait vers vingt et une heures. J'entendais la clef tourner dans la serrure. Je crois que chaque soir, chaque soir de cette vie paisible et silencieuse chez mes parents, mon cœur a bondi de joie en entendant la porte s'ouvrir. Je lançais un « coucou » tonitruant. Mon père entrait, un sourire aux lèvres.

Ma mère et lui dînaient. Très vite, il me rejoignait. Je lisais, ou je jouais du piano. Il s'approchait : « Regarde, j'ai enregistré ce film. Ça te dit ? » Souvent, je ne savais pas. Je ne savais pas si ça me disait tant que ça, voir sur le petit écran de la bibliothèque ce film dont je n'avais jamais entendu parler. J'aurais préféré continuer à lire, ou à jouer du piano. Mais j'avais tant envie de rester auprès de mon père. Il insistait, avec douceur : « C'est magnifique. Il faut que tu le voies. » Je me laissais tenter : je voulais le rejoindre dans cet amour qu'il avait du cinéma. Je voulais le rejoindre. Je disais oui.

Ma mère, souvent, arrivait à cet instant. Elle se glissait dans un fauteuil. Mon père éteignait la lumière. Le film commençait. Et, chaque fois, c'était le même désastre : rien ne se passait en moi. Aucune magie, aucune émotion. Je m'ennuyais. Je rêvais. Mon esprit vagabondait. Je me laissais couler à terre, penaude. « Je suis fatiguée, je vais me coucher. Bonsoir. » J'embrassais mon père. J'embrassais ma mère. Je disparaissais. J'avais honte.

Pourtant, comme j'aimais aller au cinéma ! Nous y allions rarement, mais c'était toujours une vraie fête. Je me souviens de ma première fois, de cet émerveillement-là. Ça avait été avec mon père, je ne me rappelle pas quel âge j'avais, six, sept ans peut-être, nous étions tous les deux, mon père et moi, je ne sais pourquoi nous n'étions que tous les deux, sortir seule avec mon père m'avait déjà semblé si beau, presque irréel, il m'avait emmenée voir *Le Roi et l'Oiseau*, nous étions entrés dans la salle, les lumières étaient déjà éteintes, j'avais eu peur en pénétrant dans cette obscurité, on ne m'avait pas dit que les salles de cinéma étaient aussi immenses, aussi sombres, aussi pleines de fauteuils rouges, j'avais eu peur en m'asseyant dans le fauteuil, j'avais eu la sensation d'être engloutie, j'avais eu peur lorsque le silence s'était fait dans la salle, les premières images étaient apparues sur l'écran, le son était fort, terrifiant, il sortait de mon corps puis s'y engouffrait à nouveau, tout résonnait en moi, j'étais traversée par chaque image du film, parcourue de vibrations, ce n'était pas devant mes yeux mais dans mon corps que cela se passait, dans ma chair, le film durait, durait, il n'en finissait pas, je commençais à me demander s'il finirait un jour, si nous sortirions de cette salle obscure, je ne savais pas très bien si j'aimais ça, cette incertitude, mon père et moi restant peut-être à jamais enfermés dans ce lieu, je tentais de me calmer, mon cœur battait fort, je m'efforçais de suivre le film, je ne comprenais pas tout, mon père était assis à côté de moi, je percevais la chaleur de son corps, il semblait très concentré, je le regardais en cachette, parfois il souriait, lui semblait tout comprendre, j'étais éblouie, j'étais terrorisée, j'étais fière. Puis cela avait été fini, les images avaient disparu, le son s'était tu, les lumières rallumées. Nous nous étions levés, la tête me tournait, je n'avais pas osé le dire. En sortant mon père m'avait offert une glace, jamais je n'en avais mangé une aussi grosse, je me sentais étourdie, j'étais bien, j'étais heureuse, des morceaux de rêve enchanté tourbillonnaient dans ma tête. Je n'ai jamais oublié. Depuis, chaque fois que je vais au cinéma, que j'entre dans la salle plongée dans la pénombre, pleine de chuchotements et de rires étouffés, que je m'assieds dans un fauteuil, je ressens la même magie : les lumières s'éteignent, la salle plonge dans le noir, quelques derniers murmures, un dernier rire, et soudain c'est le silence, en moi tout se serre et se fige, j'attends quelque chose, je ne sais pas quoi, pas seulement devant mes yeux mais à l'intérieur de moi, des images, des musiques, des silences qui se coulent dans mon corps et le fassent vibrer, l'enchantent, le rendent à la vie. Oui, immobile, j'attends le plus beau des voyages.

Mais le soir, dans l'appartement familial, dans cette petite pièce qui elle n'est pas totalement obscure, dans laquelle je distingue les corps de mes deux parents, mon père et ma mère, assis tout près de moi, dont la présence silencieuse, de manière inexpliquée, me trouble profondément, car si je suis heureuse de les savoir à mes côtés, quelque chose m'étreint pourtant que je ne sais définir, une mélancolie sourde, pourquoi, pourquoi, je ne le sais pas et sans doute ne le saurai-je jamais, face au petit écran, devant les plus beaux films de l'histoire du cinéma, rien ne se passe en moi : la magie n'opère pas. Je ne sais pas faire le voyage.

Le Voleur de bicyclette, était-ce un de ces soirs-là ? Quel âge avais-je ? Douze ans ? Quatorze ans ? À quel moment me suis-je laissée glisser du fauteuil ? À quel moment ai-je renoncé ? Sur quelle dernière image ? Le silence que j'ai gardé en moi du père et de l'enfant, ne serait-ce pas mon désarroi face à la présence de mes parents, le bonheur de les savoir là et l'épouvante de percevoir dans le même temps leur possible absence ? Ce qui m'étreint en secret, n'est-ce pas ça, sentir la présence de ces deux êtres qui m'aimaient mais dont je pressentais qu'ils finiraient bien un jour par m'abandonner ? Que la vie ne se poursuivrait pas toujours ainsi, dans une telle douceur, une telle présence ? Pourquoi, pour moi, l'amour a-t-il toujours été lié à la disparition, à l'effacement des êtres ? Pourquoi ai-je toujours éprouvé, avec violence, que ce que j'aimais, je le perdrais un jour ?

Vous, même vous, dès l'instant précis où je vous ai vu, où nos regards ont plongé l'un dans l'autre, j'ai su, dans le même éclair, avec bonheur, avec douleur, que vous étiez celui que j'aurais voulu garder pour toujours auprès de moi, mais que vous faisiez partie de ces êtres qui ne se laissent pas saisir, ces êtres que l'abandon effraie tant qu'ils préfèrent s'envoler.

Laissez-moi vous garder ne serait-ce que quelques instants contre moi.

Je suis avec vous. Vous n'êtes pas là. Je vous parle en silence. Les phrases se bousculent puis dérivent au-dedans de moi. Je vous parle tout bas. Je vous murmure ce que je n'ai pas su vous dire, les mots simples et flamboyants de l'amour.

Mon corps est là, et il n'est pas là : il danse loin d'ici. Il danse avec vous, immobile, en silence. Je ne sais plus où je suis. Je ne sais plus si je suis ici, ou avec vous.

L'amour, un éclatement.

J'ouvre l'enveloppe. J'ai attendu toute la soirée, puis toute la nuit. Il me manquait le calme, le moment propice. Je suis seule à la maison. Ma fille est à l'école. Je l'ai accompagnée dans le froid glacial du petit matin. Elle a gardé sa main dans la mienne tout au long du trajet. Je pensais à vous, à ce texte que dans quelques minutes je découvrirais enfin. Je serrais un peu plus la main de ma fille. Je regardais ses longs cheveux bruns que le vent soulevait. Je songeais qu'elle était belle, qu'un jour ce serait une femme, qu'elle aurait peut-être, elle aussi, une fille qu'elle accompagnerait les matins d'hiver à l'école. Elle aurait peut-être, elle aussi, le cœur qui bat en pensant à un homme dont elle ne parlerait à personne. On a tant de secrets qu'on emporte avec soi, qui disparaissent à jamais lorsque le corps s'en va, comme s'ils n'avaient jamais existé, comme si vous n'aviez fait que les rêver, ces sentiments qui vous brûlent et qu'on ne peut partager, parce qu'on ne peut partager ce qui est plus grand que soi et vous échappe, et qu'on ne comprend pas – comment les autres pourraient-ils comprendre ?

Nous n'avons pas parlé. Je marchais vite. J'aurais voulu marcher plus vite encore. Voler vers l'école, puis vers la maison, pour retrouver le silence, celui qui me permet de penser à vous ; puis m'emparer de l'enveloppe. Je n'ai pas volé. Ma fille et moi glissions dans le froid de l'hiver. Les voitures étaient recouvertes de givre. Elles étincelaient de mille paillettes. Les yeux de ma fille brillaient. Je la regardais. La vie était belle et glaciale.

J'effleure la première page. Je voudrais ne pas penser à vous. Je voudrais lire ce texte comme si ce n'était pas vous qui me l'aviez donné. Je sais bien que c'est impossible : on ne lit pas seulement des phrases. On lit tout ce qui, entre les mots, vibre, dans les espaces vierges, les marges blanches. Qu'y a-t-il de plus intime que la lecture ? Ce chuchotement qui nous atteint au plus profond de nous, comme si, tout autour, une nuit accidentelle était tombée sur le monde et l'avait rendu silencieux. Soudain il n'y a plus rien. Il n'y a plus que le texte, qui résonne en nous.

Je m'assieds. Tout est redevenu très calme, comme si j'habitais à présent des eaux profondes et immobiles. Je commence ma lecture.

Cette nuit-là, je me souviens, je vous ai dit que j'avais peur de perdre la mémoire. Une fille en robe rouge dansait près de nous. Elle dansait les yeux fermés, le visage renversé, un léger sourire sur les lèvres. Son long corps tournoyait dans la lumière et passait devant nous. Je la voyais sans la regarder. Tout à coup, une de ses mains me frôla par inadvertance. Je tournai les yeux vers elle. Je croisai son regard sombre et brillant. Elle m'adressa un petit signe, et j'eus l'impression qu'elle pensait me connaître. Je me demandai si nous nous étions déjà rencontrées. Dans les lumières tremblantes qui tour à tour éclairaient puis absorbaient son visage, il me sembla vaguement la reconnaître. La voix rageuse de Catherine Ringer chantait les premières notes de *C'est comme ça*. Alors, c'est à cet instant que je vous l'avouai : je me penchai un peu plus vers vous, je vous murmurai que j'oubliais des êtres, j'oubliais des noms, des visages, des épisodes, des pans entiers de ma vie qui s'effondraient en silence. Je n'avais jamais dit ça à personne. J'étais très près de vous, vous ne disiez rien, vous m'écoutiez avec une attention qui me bouleversait, il me semblait que jamais on ne m'avait écoutée ainsi, votre regard transformait quelque chose en moi, il atteignait un point très secret, inconnu de moi, je sentais une chaleur brûlante émaner de mon corps, je m'efforçais de ne pas m'y attarder, je voulais continuer à vous parler, j'aurais voulu ne jamais m'arrêter, à vous j'aurais pu tout dire, à vous que je connaissais à peine, j'aurais pu aller au bout de quelque chose, je ne savais pas ce qu'était ce quelque chose mais j'avais le sentiment, cette nuit-là, que c'était d'abord aller au bout de mots que je n'avais jusqu'ici jamais prononcés, que je découvrais moi-même en même temps que je vous les donnais.

Je vous expliquai qu'il m'arrivait de rencontrer une personne, de passer un moment avec elle. Un nouveau visage auquel je m'adressais, auquel je souriais. J'écoutais la voix nouvelle me parler de ses projets, me confier ses espérances, ses doutes... Il me semblait être présente. Je veux dire, il me semblait qu'à cet instant c'était bien moi, Maud, qui me trouvais face à cette personne. J'écoutais, j'étais attentive. Je ne faisais pas semblant : j'étais là.

Vous étiez immobile, de temps à autre vous hochiez la tête pour me signifier que vous compreniez. Je poursuivais : plusieurs fois, il m'est arrivé, des mois, des années plus tard, de croiser à nouveau cette personne, par hasard. Son visage s'éclairait, elle s'approchait de moi, confiante, je la voyais s'avancer, je la voyais me reconnaître, et brutalement en moi c'était le trou noir : je ne me souvenais de rien. Le visage ne m'évoquait rien, je ne me souvenais pas de la voix, je ne me souvenais d'aucune parole échangée, d'aucun projet évoqué. J'étais épouvantée : soudain c'était le brouillard autour de moi, des nappes de brouillard qui fondaient sur moi et m'enserraient, un brouillard dans lequel je n'en finissais pas de me perdre depuis l'enfance, puisque ces pertes de mémoire, d'aussi loin que je me souvienne, avaient toujours existé. Je scrutais le visage en face de moi, qui la plupart du temps me souriait : lui n'avait rien oublié. Devant mon regard embarrassé, il comprenait enfin que je ne me rappelais rien. Il pensait qu'il suffisait d'une parole, d'un détail, pour que tout me revienne en mémoire – il ne savait pas la béance du gouffre en moi. Il tentait, en quelques mots, de faire resurgir notre rencontre. Le « déclic » : « Mais si, on s'est vus dans ce café », disait-il. Il insistait : « On a parlé de T., souviens-toi. » Plus il disait, moins je savais. Ça continuait à s'enfuir. Ça continuait à se perdre, loin, très loin en moi, là où je ne savais pas aller. J'écoutais, je faisais mine de chercher. J'aurais aimé l'interrompre et lui dire : « Je ne sais plus, ce jour-là, c'était moi bien sûr, mais c'est comme si ce n'était pas moi. C'était une autre en moi, une autre, que je ne connais pas, qui n'est plus là. Je l'ai perdue. Pardonne-moi. Oh, pardonne-moi… » Je ne disais rien. Et, pour faire cesser l'insupportable attente, pour que l'autre au moins n'éprouve pas mon effroi, ne se sente pas blessé, je faisais semblant de me souvenir. J'ouvrais grand mes yeux, je m'exclamais : « Mais oui, bien sûr, excuse-moi, je n'y étais plus ! » J'avais honte. Pourquoi avais-je tout oublié ? Où tout cela s'en était-il allé ? Comment de tels moments d'échange avaient-ils pu se dissiper, comme s'ils n'avaient fait que glisser sur moi sans véritablement me traverser ? Comme si je ne les avais pas *réellement* vécus ?

La voix de Catherine Ringer se fit plus grave. J'ajoutai : « Parfois, j'ai l'impression de ne pas appartenir à la même réalité que les autres. Comme si j'étais sur un autre versant du réel », et sur vos lèvres se dessina alors ce sourire si doux que j'aimais déjà. Je regardai votre bouche. J'aurais aimé ne jamais cesser de la regarder. Plus je la regardais, plus les mots venaient lentement à moi. Je fis un effort violent pour détourner mon regard. Je repris : « Faut-il que je me penche d'un autre côté, comme ces enfants à qui on veut montrer quelque chose et qui scrutent de toutes leurs forces l'horizon dans une mauvaise direction, et ne voient rien, mais ne songent pas un instant à regarder ailleurs ? Qu'est-ce que ça veut dire, le réel ? Qu'est-ce que c'est ? »

Je vous regardai, soudain stupéfaite d'en avoir tant dit. De vous avoir confié ça : ces pertes de mémoire, qui me faisaient peur, qui me faisaient honte. Il y eut un instant de silence. Vos yeux ont plongé dans les miens. La fille en rouge avait disparu. Vous avez alors prononcé, très distinctement : « C'est peut-être pour ça que vous écrivez. Pour vous souvenir de ce qui a été oublié. Pour le retrouver. »

Je ne me rappelle pas ce que je vous ai répondu. Peut-être rien. Je crois que sur le moment, je n'ai pas très bien compris votre phrase. Pourtant, il s'est passé quelque chose d'étrange : ces mots-là se sont imprimés très profondément en moi alors que je n'en avais pas encore vraiment saisi le sens. Ils étaient très flous, et cependant aussi aigus qu'une flèche qui m'aurait atteinte en plein cœur.

Je me demande aujourd'hui s'il ne m'a pas fallu six ans pour les comprendre. Six ans, plusieurs livres, et huit mois de panne d'écriture au cours desquels plus aucune image ne me venait. Mon impuissance allait de pair avec une forme de sécheresse : j'étais devenue creuse, vidée de toute substance, de tout passé, de tout souvenir. J'avais perdu le lien avec mon enfance, avec mes rêves, avec mes désirs. J'étais devenue un désert.

Depuis que je vous ai revu, depuis qu'à nouveau vous vous tenez là, à la lisière de ma vie, sans que ni vous ni moi ne sachions ce qui va advenir de nous, si proches et si loin encore l'un de l'autre, après vous avoir tant attendu, tant de jours, tant de nuits, découvrant ce que c'était qu'attendre quelqu'un, l'attendre dans sa tête, l'attendre dans son corps, devenir cette attente, ne pouvant me résoudre à ce que vous n'ayez été qu'un éclat dans ma vie, quelques minutes de saisissement qui m'auraient fait entrevoir un royaume que j'ignorais, puis plus rien, depuis que votre présence si proche me fait éprouver pour la première fois combien le désir d'un homme peut faire vaciller une vie, l'anéantir, la pulvériser, bouleverser un corps, l'assoiffer, et qu'à cela il semble qu'il n'y ait pas de limites, aucune limite – comment auparavant aurais-je pu soupçonner qu'il n'existait pas de limites au désir, que le désir pouvait toujours vous dévorer davantage, creuser au-dedans de vous un gouffre sans fond, abîme vertigineux –, depuis que vous êtes là, à nouveau, des souvenirs resurgissent. Souvenirs d'enfance, souvenirs d'adolescence. Images étonnamment claires, qui jaillissent de la nuit. Je ne sais qu'en faire. Je les laisse flotter devant mes yeux. Elles m'étreignent en silence. Elles me débordent. Je revois, avec autant de netteté que s'ils se tenaient à mes côtés, des visages que j'ai aimés : celui de ma mère, qui n'est plus là ; celui de ma sœur ; celui de mon frère, enfant, devenu aujourd'hui un homme ; celui de mon père, que j'ai tant aimé, à qui je ne sais dire mon amour que dans mes livres. Et puis le mien, celui de la petite fille que j'ai été. Tout ça s'était perdu depuis longtemps, s'en allant rejoindre une nuit dans laquelle je ne savais m'aventurer.

Je ne sais par quel processus mystérieux vous revoir a provoqué cet afflux d'images. Comme si votre présence dans ma vie me rendait à moi-même, à celle que j'ai été et que j'avais perdue – et, de ce fait, me rendait à l'écriture : ces images sont la plongée vers le royaume qui s'était en partie effacé de ma mémoire, le royaume de l'enfance et de la naissance du désir. Oui, l'écriture se nourrit de ce qui a été oublié. Vous m'avez peut-être sortie de ma nuit.

Catherine Ringer avait achevé sa chanson. Nous sommes restés silencieux. Je repensais à cette phrase que vous veniez de prononcer, dont le sens précis m'échappait. Je vous ai regardé, et, après un long moment, je vous ai dit : « Vous avez peut-être raison, j'écris peut-être pour me souvenir. Je ne sais pas. Mais ça me fait peur, d'oublier tant de choses. » Vos yeux gris se sont tournés vers moi, la nuit était heureuse, vous avez alors murmuré, d'une voix si basse que je me suis demandé si je ne rêvais pas vos paroles : « Ce n'est pas grave, on peut avoir de la mémoire pour deux. »

C'est la plus belle phrase d'amour qu'on m'ait jamais dite. Cette nuit-là, avec cette phrase qui vous a peut-être échappé, que vous-même avez sans doute oubliée, que vous avez murmurée pour moi dans le désir du moment, vous avez noué, entre vous et moi, un lien secret, qui ne s'est jamais rompu.

Je compose votre numéro. Mon cœur bat violemment. Je ferme les yeux. J'essaie de me souvenir de ma lecture, des traces qu'elle a laissées en moi. J'essaie de me souvenir de ce que je voulais vous en dire. Rien ne me vient : le vide en moi, effrayant.

Vous décrochez dès la première sonnerie. Flash blanc et aveuglant dans mon cerveau. Mon corps s'embrase. Mes yeux s'ouvrent. Ma bouche vous dit bonjour. Le désir de vous altère ma voix. Je m'assieds. Je me relève. Je vais et viens dans mon bureau. Je vous dis que j'ai lu le texte. Vous m'interrompez. Vous dites que vous attendiez mon appel. Vous dites que vous m'attendiez. Votre voix, chaude et lente. Votre voix, dont j'éprouve en moi la caresse. Elle résonne partout en moi. Elle me fait perdre un peu plus le souffle.

Je vous dis que j'ai aimé le texte. Que cette histoire silencieuse entre une jeune femme et trois hommes, son père, son compagnon et un homme plus âgé, m'a saisie. Que j'ai pensé à mon père. Vous dites que vous le saviez. Vous saviez que j'aimerais ce texte. Vous en êtes heureux. Ça ne vous étonne pas. C'est un texte splendide. Inconnu et splendide.

Un bref silence puis, très doucement, comme dans un vide vers lequel je m'élancerais avec effroi et jouissance, je murmure :

– Je n'ai pas cessé de penser à vous.

Vous dites : « Moi aussi. »

Un instant tout s'arrête, il n'y a plus rien. Il n'y a plus rien. Rien n'a jamais été aussi heureux, aussi doux, aussi affolant. Rien ne m'a jamais autant comblée.

Vous reprenez la parole. Vous parlez très doucement. On ne m'a jamais parlé aussi doucement. J'aime votre douceur. Elle m'enveloppe. Vous dites des choses. Je ne les entends pas. Je crois que vous parlez du texte. De la première fois que vous l'avez découvert. De l'émotion qu'il a suscitée en vous. Mon corps est brûlant. J'aimerais que vous soyez là, devant moi. J'ai envie de toucher votre corps. De m'y réfugier. J'ai envie de votre odeur, de vos mains, de votre bouche. Je ne dis plus rien.

Puis, ces mots, que vous prononcez autrement, d'une voix plus basse, détachés du reste :

– Nous allons donc nous revoir…

Je ferme les yeux. Je souris. La vie est bleue soudain. Vaste, et bleue. Je vous réponds, et j'entends ma voix, très claire tout à coup, comme échappée de moi :

– Je crois, oui. Je crois que nous allons nous revoir.

Vous aussi vous souriez. Je vois votre sourire. Nous nous taisons un instant. Nous nous taisons ensemble.

Vous êtes là, très près de moi. Nous partageons le même souffle. Nous voguons sur la même mer.

Vous reprenez :

– Vous êtes libre demain après-midi ? On pourrait se voir, parler du texte. La façon dont nous pourrions travailler ensemble.

– Oui, demain je suis libre.

Vous me donnez rendez-vous là où vous travaillez. J'attrape une feuille de papier, un crayon. Je note l'adresse. Je note quinze heures. Je vous entends, et je ne vous entends pas. Vous êtes de l'autre côté de quelque chose. Ou bien peut-être est-ce moi. Mes oreilles bourdonnent comme si, lentement, je m'enfonçais sous l'eau. Je m'enfonce, je m'enfonce, c'est agréable, c'est lent. Je glisse, je vous perds. Je sais que je vais vous revenir. Je vous perds, je me perds. Quelque chose de moi que j'abandonne, que je m'apprête à laisser au fond de l'eau, là où je ne reviendrai pas. Je n'avais jamais rien abandonné de moi. Je n'avais jamais osé : il me semblait qu'abandonner un peu de moi, c'était risquer de me rompre, c'était commencer à mourir. Avec vous, j'ose. Il me semble, à la joie et à la légèreté qui me gagnent, que cet abandon ne m'emporte pas vers la mort, mais vers la vie. Vers la vie heureuse. J'aimerais vous le dire.

Je ne vous dis rien : ce sont des mots trop grands, de ceux qu'on garde au fond de soi, que l'on tait le jour et qui brillent la nuit, dans le corps, dans la tête, astres éblouissants. Vos derniers mots me parviennent, lointains et moelleux, comme enveloppés de coton :

– À demain, Maud. Je suis heureux de vous voir.
– À demain.

Je me penche à la fenêtre. Je regarde loin devant moi. *La terre est bleue comme une orange.* Le vers d'Eluard me revient en mémoire, un des premiers appris à l'école. L'institutrice avait écrit la phrase sur le tableau et nous avait demandé de la recopier dans notre cahier. J'avais noté les mots un à un, avec application, sans chercher à les comprendre, une fois le vers écrit je l'avais relu, et soudain quelque chose avait éclaté en moi, une déflagration, je n'en finissais pas de fixer les mots, j'étais happée par eux, envoûtée, je les comprenais et ne les comprenais pas, je les comprenais au-delà d'eux, je les *éprouvais*, mes yeux me brûlaient, la déflagration durait, durait, je ne pouvais détacher mon regard de ces mots-là, enchanteurs et effrayants, pour la première fois de ma vie je ressentais la force et le pouvoir des mots, l'institutrice nous avait demandé de refermer le cahier et pendant un moment encore les mots avaient continué d'éclater dans ma tête, comme des éclairs d'orage, sauvages et magnifiques.

Mes yeux me piquent. Ce doit être le froid. Je me souviens avoir pensé, il n'y a encore pas si longtemps, que la vie ressemblait à un rêve. J'aimais cette manière incertaine de me tenir au bord de la vie, en équilibre précaire, sur la pointe des pieds, comme au bord d'une mer immense dans laquelle jamais je ne me résoudrais à plonger ; de vaciller légèrement, de croire que même les chutes les plus brutales se font dans une improbable douceur, une ouate soyeuse et molle ; que rien ne nous atteint jamais vraiment, sauf la mort, qui nous emporte vers une nuit froide, que j'imaginais infiniment calme. Une larme coule sur ma joue. C'est peut-être le froid. La vie n'est pas un rêve. Je suis atteinte. Vous m'avez réveillée. Vous m'avez saisie. Un coup dans la tête, un coup dans le ventre, là où le désir naît, là où il grandit avant de tout dévaster.

C'est d'une violence inouïe. Mais rien n'a jamais été aussi doux.

Depuis cette longue nuit qui, peu à peu, à mesure que le temps passait, devenait dans mon esprit de plus en plus irréelle, à croire parfois, certains jours plus fragiles que d'autres, que je l'avais rêvée, je suis souvent allée au cinéma, mais je n'ai vu aucun de ces vieux films, ou films plus anciens, que je vous avais avoué ne pas connaître. Pourtant, j'ai souvent pensé à traverser Paris au cours de la journée, pour découvrir ces films dans les petites salles du Quartier latin. Mais je ne l'ai jamais fait : je crois qu'au fond de moi, je vous attendais. J'attendais que ce soit vous qui me disiez par lesquels commencer. J'attendais que votre voix que je ne parvenais pas à oublier me souffle : « Vous devriez aller voir celui-ci, puis celui-là. Ensuite, il faudra absolument découvrir celui-là... » Il m'avait semblé, par je ne sais quelle intime conviction dont j'ignorais l'origine et que je m'entêtais à ne pas trahir, que c'était vous qui deviez m'apprendre. Vous m'aviez fait découvrir ce que c'est que le désir qui violemment s'empare d'un corps, puis, lentement, par vagues, continue à l'envahir : il me semblait que c'était à vous de me guider dans cet univers d'images et de sons dont je ne savais rien ou presque, et dont je redoutais presque le choc de la rencontre. C'était vous qui deviez m'apprendre, lentement, patiemment. Me faire découvrir le cinéma aurait été comme une prolongation extérieure de ce désir que vous aviez fait naître en moi. Mon attente de vous passait par l'attente de tous ces films.

Vous étiez pourtant silencieux, vous ne m'appeliez pas, vous m'aviez peut-être oubliée. Il aurait sans doute fallu renoncer à vous attendre, aller au cinéma et choisir des films, au hasard.

Je n'ai choisi aucun film : je vous attendais. Jamais je n'avais attendu quelqu'un comme je vous attendais. Même lorsque les jours ont passé et que je commençais à ne plus penser aussi souvent, aussi intensément à vous, à vous oublier, à perdre les traits de votre visage, quelque chose en moi vous attendait. Quelque chose en moi ne renonçait pas. Le lien secret et invisible qui s'était noué, en une nuit, entre vous et moi, ne parvenait pas à se briser.

C'était fou, je le savais. C'était quelque chose que je n'aurais pu confier à personne. J'étais seule dans ce désir de vous, dans cette attente.

C'est peut-être de vous avoir attendu aussi obstinément, aussi ardemment, qui aura achevé de me lier à vous. Avec vous, j'aurai appris à aimer la lenteur.

J'ai très envie de penser à vous. De vous imaginer. Je devrais sans doute lutter, m'en interdire : fermer les yeux, penser à vous, vous imaginer en secret, c'est déjà m'abandonner à vous. M'abandonner au désir que j'ai de vous.

Je ne peux pas lutter. Je ne peux pas.

Ce sont d'abord vos mains qui m'apparaissent, très près. Ce sont elles qui viennent en premier. Leur peau, leur chair. Elles sont ouvertes, leurs paumes vers moi. Elles sont ouvertes et je les vois et j'ai envie de les tourner et retourner, de les amener à moi, les embrasser. Puis votre bouche. Je vois votre bouche, vos lèvres. Vos lèvres encore loin de moi, vos lèvres qui m'attirent et contre lesquelles j'ai très envie de presser les miennes. Vos lèvres détachées du reste de votre visage. J'entends votre voix. Je l'entends à l'intérieur de moi, un long frémissement dans mon corps. J'avance vers elle, je ne sais pas où, je ne sais pas comment. J'avance. Mon corps est chaud. Mes cuisses. Mon ventre. Puis, je vous vois : vous êtes là, debout. Vous me regardez. Vos yeux sur moi, fixes, qui ne me sourient pas, qui me regardent avancer. J'avance, j'avance encore. Je ne sais faire plus que ça, avancer vers vous. Je suis là, à un souffle de vous. Ce n'est rien, c'est immense. C'est le vide avant le plein, avant l'étreinte qui comble le corps. Je tends une main vers votre visage. Très lentement, j'approche ma main. Je vous regarde. Je suis dévorée par vous, je vous regarde pourtant, dévorée. Enfin, je touche votre visage. Je touche votre front, vos paupières, vos joues. Je touche vos lèvres. Je touche vos lèvres, longuement. Je ne peux faire que ça. Je vous découvre. Je découvre ce qu'auparavant je ne pouvais que voir.

Mon sexe est brûlant.

Je suis une toute petite fille. J'ai trois ou quatre ans. J'ai les cheveux très courts et une sœur plus grande qui me protège du monde. C'est une journée radieuse, enchantée, un jour de pique-nique et de chaleur. Nous sommes dans l'herbe verte. Ça sent bon. Mes parents sont là, avec des amis. Je suis allongée sur les longues jambes de ma mère. J'ai les yeux fermés. Je fais la sieste dans son odeur. Parfois la main de ma mère, dans un de ces gestes amples dont elle a l'habitude, me frôle. Elle ne s'en rend pas compte. Caresses heureuses et inattendues. J'entends des voix autour de moi. Un brouhaha de voix. J'aime les entendre. Elles vont et viennent, s'entremêlent, se confondent. Elles sont proches et lointaines. Elles me bercent. Je ne cherche pas à comprendre les mots. J'écoute leur musique. J'entrouvre doucement les yeux. Je regarde ma mère en cachette. Elle est très belle. Elle a un foulard dans les cheveux, les yeux qui brillent. Elle rit. Son rire étincelle. Il passe d'elle à moi dans des vibrations que je ressens à l'intérieur. C'est bon. Je ne regarde pas les autres : ni mon père, ni ma sœur, ni les amis. Je ne regarde que ce visage plein de lumière. Je n'en reviens pas de voir ma mère aussi heureuse. J'aimerais comprendre comment il se fait qu'aujourd'hui, dans ces herbes hautes qui sentent si bon, auprès de ces gens que je ne connais pas, les yeux de ma mère brillent tant. Je me demande s'il n'y a pas un secret en elle, un secret qui rend aujourd'hui, jour de pique-nique, son cœur si léger. Je me demande si les grandes personnes, parfois, ne portent pas en elles quelque chose qui les déborde, que je ne connais pas encore. J'aimerais savoir ce que c'est.

Je ne sais pas combien de temps j'ai écrit. Je ne sais pas précisément ce qui s'est passé, comment les mots sont enfin venus jusqu'à moi. J'ai commencé à travailler à l'adaptation, j'avais envie d'écrire quelque chose qui vous atteigne, je pensais à cette jeune femme, à ces trois hommes autour d'elle, qui, chacun à sa manière, tentent de la conquérir, j'essayais de les imaginer, de les réinventer, je pensais à vous, je cherchais des mots qui vous emportent, qui nous précipitent un peu plus l'un contre l'autre, et peu à peu, comme si lentement je glissais ailleurs, dans une autre histoire, la mienne cette fois, c'est autre chose qui a surgi. C'était un basculement très doux, que je percevais confusément, auquel je me suis abandonnée, sans penser, de peur que tout s'arrête : enfin quelque chose s'ouvrait en moi, se déchirait. Enfin quelque chose se passait. Des phrases s'écrivaient. Elles sont venues de très loin, d'aujourd'hui et de l'enfance. Elles sont venues de ces images qui depuis plusieurs jours m'étreignent en silence, lumineuses et obsédantes. C'est la première fois que je laisse l'enfance en moi s'écrire. Que je m'y autorise. J'ai peur, bien sûr : donner à voir son enfance, c'est donner à voir quelque chose de soi de très intime. C'est se mettre à nu. C'est, peut-être, impudique.

Je relis mon texte à voix basse, dans le silence de l'appartement. Je lis très lentement, pour entendre chaque mot résonner. J'écoute. Puis, je repose la feuille. Je reste immobile. Un sentiment de bonheur m'emplit : pour la première fois depuis très longtemps, il me semble que ce que je viens d'écrire est traversé par quelque chose de vivant. Ce ne sont plus des mots morts, des mots figés. Ce ne sont plus les mots d'une autre, des mots fabriqués. Ils m'appartiennent. Ils n'appartiennent même qu'à moi. Ce sont les mots que je ne savais plus trouver mais que je voulais écrire, je crois, depuis longtemps. Les mots dont j'avais sans doute besoin pour pouvoir continuer à vivre : ils me rendent à ce que je suis et, dans le même temps, à la vie.

C'est comme si une invisible digue qui depuis des mois m'enserrait, m'étouffait, séparait l'écriture de la vie, venait lentement de s'effondrer. Je reviens d'un désert.

Tout a été très lent, et très précipité. Les heures se sont écoulées. Je regardais le visage de ma fille. Je préparais le repas. J'entendais la voix de mon mari me demander si nous partirions en vacances à Pâques. J'arrosais les plantes. J'écoutais la voix de Reggiani chanter « *On n'a jamais le temps, le temps nous a.* » Je mettais la table. Je lisais *Alice au pays des merveilles* à ma fille. Ses longs cheveux frôlaient ma joue. Elle était très concentrée. Elle s'émerveillait. Je regardais ses sourcils sombres et épais et je revoyais ma mère. Je pensais que la vie n'était jamais comme on l'avait attendue. Je répondais à mon mari que Pâques était encore loin.

La voix claire de ma fille me parvenait soudain : « Maman, est-ce que tu es amoureuse ? » Je sursautais, je n'avais pas le temps de chercher une réponse, ma fille chuchotait, avec ravissement : « Moi, maman, je suis amoureuse. Je suis amoureuse de la vie. » Je la prenais dans mes bras. Je souriais. J'étais heureuse. Je pensais qu'il ne fallait rien attendre, jamais.

Je suis très près de vous. Je pense à vous. Vous m'attendez. Vous regardez votre montre. Vous ne savez pas que je ne suis jamais en retard. J'ai mis ma robe gris-bleu. Je suis au bas de votre immeuble. Je me demande si, de la fenêtre de votre bureau, vous pouvez m'apercevoir. Je songe que si nous étions dans un film, vous m'auriez déjà embrassée. Je souris. Je pense à ce film, qui n'existe pas. Vous m'auriez embrassée lors de ce déjeuner. Ou peut-être dès la première fois, au terme de la longue nuit. Vous auriez proposé de me raccompagner, j'aurais dit oui, nous aurions quitté le brouhaha de la fête, nous nous serions retrouvés dans la nuit d'été, vous m'auriez enlacée, nous nous serions embrassés, longuement. Ça aurait été une comédie légère. Tout aurait été simple et heureux. Et peut-être sans importance.

Nous ne sommes pas dans un film. Nous sommes dans la vie. Nous sommes lents. Nous avons très envie de nous embrasser. Nous avons peur. Bien sûr, nous avons peur.

Je pousse la porte d'un immeuble. Je traverse une cour. J'ouvre une autre porte. J'allume la lumière. Je me rappelle, comme en songe, vous avoir entendu me préciser de monter deux étages. Je monte deux étages. Je ne pense à rien. J'entends les battements de mon cœur, violents, désordonnés. La tête me tourne. J'aimerais m'arrêter, reprendre mon souffle. Je ne m'arrête pas. Je continue. Je continue.

Je me retrouve dans un couloir. Le couloir est sombre. Il n'en finit pas. Il ressemble aux couloirs qui hantent les rêves, ces couloirs très longs qu'on parcourt en ayant la sensation, à chaque pas, de s'égarer un peu plus. Mais on ne peut pas rebrousser chemin : quelque chose en nous nous pousse vers l'avant. On ignore ce que c'est.

Me voici devant votre porte. Je dénoue mon écharpe. Je frappe, trois coups brefs. La porte s'ouvre : vous êtes là, devant moi. Immense soudain.

Le gris de vos yeux sur moi. Je soutiens votre regard. Quelque chose s'effondre en moi, très doucement, comme si, à l'intérieur de moi, je tombais. J'aime cet effondrement silencieux. Je vous souris.

– Bonjour, Maud. Entrez.

En passant près de vous, je frôle votre épaule. Vous restez immobile. L'effondrement se poursuit.

J'enlève mon manteau. Je lève les yeux vers vous. Vous êtes resté debout, vous me regardez. Vous me souriez. Vous n'avez pas bougé. J'aimerais vous répéter la phrase de ma fille. J'aimerais vous dire que c'est la première fois que je trouve l'hiver aussi beau, aussi étincelant. J'aimerais vous dire qu'être là, devant vous, à quelques centimètres de votre visage, de vos mains, me fait du bien et me fait du mal, et que jamais je n'avais ressenti cela auparavant, qu'une personne, simplement en vous regardant, puisse vous plonger dans le bonheur et la douleur. J'aimerais vous dire que depuis que nous avons déjeuné ensemble, j'ai peur de mourir. J'ai peur de mourir, et que soudain cela soit beaucoup trop tôt.

Je reste silencieuse. Je m'assieds.

– Je suis heureux de vous voir.

Je regarde vos mains, immobiles devant moi. Je ne

les avais pas vraiment regardées lors de notre déjeuner. Elles ne sont pas très grandes. Je ne sais pas si elles sont belles. Je ne peux pas en détacher mon regard. Je pense à des caresses. Je pense à elles, sur moi.

– Comment allons-nous faire ?

J'ai murmuré la phrase sans vous regarder.

– Vous voulez dire, pour le texte ?

– Pour tout.

J'ai parlé si bas que je ne sais si vous m'avez entendue. Vos mains n'ont pas bougé. Elles ne caressent rien. J'ai soif. J'aimerais un verre d'eau.

– J'ai réfléchi, pour le texte : si vous en avez envie, vous pourriez commencer à travailler à une première adaptation. Ensuite, bien sûr, nous en discuterions ensemble, nous la retravaillerions. Mais j'aimerais que la première proposition vienne de vous, sans que vous m'en disiez rien à l'avance. Dites-moi si vous en avez envie.

– J'en ai très envie.

Je plonge mon regard en vous. Vous ne souriez plus. Je suis immobile et je tombe à la renverse. Cela dure très longtemps. Cela ressemble à un long baiser. Notre premier baiser.

Je détourne le visage. C'est vous qui reprenez, très doucement :

– Pour le reste, je n'en sais pas plus que vous.

Combien de temps s'est écoulé ? Je suis restée longtemps le visage vers la fenêtre. Quelque chose brûlait en moi. Vous avez gardé le silence. Vous m'avez attendue.

Puis, lentement, vous reprenez la parole. Vous parlez du texte. Mes yeux se tournent vers les vôtres. Je me penche un peu plus vers vous. Vous dites que vous l'avez découvert par hasard, dans la bibliothèque d'une amie. J'entends le mot « amie ». J'aimerais vous demander qui est cette amie. Je ne vous demande rien. J'essaie de vous imaginer, vous, avec une amie. Je n'imagine rien. Je ne vois aucune amie. Je ne vois que vous. Vous dites que vous l'avez lu une nuit d'insomnie. Vous avez fini le texte à quatre heures du matin. Vous n'avez pas pu vous rendormir. Vous voyiez déjà le film, vous voyiez le film, mais vous ne voyiez pas les images. C'était la première fois que ça vous arrivait. La première fois que vous aviez autant envie, et que les images ne venaient pas. Mais vous saviez que ce texte était pour vous. Je pense au *Voleur de bicyclette*. Je pense à cette nuit où je me suis souvenue l'avoir revu, sans pouvoir retrouver aucune image du film, aucune, à part celle d'un père qui regarde son fils. Vous dites :

– Parfois, lorsqu'on aime trop quelque chose, on ne peut pas. On a peur. On a peur de ne pas être à la hauteur du désir qu'on a pour cette chose.

Je hoche la tête doucement. Je pense à l'écriture. Aux livres qui sont en moi, et que je ne connais pas encore. À celui que je viens de commencer à écrire, le seul aujourd'hui possible, et qui me fait très peur. Depuis que vous êtes là, l'écriture est revenue, miraculée, jaillie du désir. J'écris sur vous, sur moi, sur mon désir de vous et la vie qui m'échappe.

Vous reprenez :

– C'est à ce moment-là que j'ai pensé à vous.

À nouveau vous me regardez. Cette fois je souris. Je murmure :

– Vous avez bien fait.

Le gris de vos yeux s'éclaire. J'aime vous voir ainsi, heureux.

Je pose mes mains sur votre bureau. Je me penche encore un peu plus vers vous :

– Vous ne m'avez rien demandé sur le texte. Vous ne m'avez pas demandé ce que j'ai aimé, à quoi il m'a fait penser.

Sur votre droite, une photo dans un cadre en bois. Je me demande si c'est un visage de femme, ou d'enfant, sur lequel vos yeux se posent ainsi, plusieurs dizaines de fois par jour. Je détourne la tête. Vous ne répondez pas tout de suite. Vous me regardez longuement, avec une gravité soudaine. Puis, comme pour chasser une pensée inopportune, vous vous rejetez en arrière. Vous murmurez :

– Non, je ne vous demande rien. J'aurais mille questions mais je ne vous demande rien. C'est mieux ainsi.

Vous vous levez. Vous contournez votre bureau. Vous vous approchez. Vous vous tenez debout devant moi, très près. Il suffirait que je tende une main pour vous toucher. Je ne tends aucune main. Je reste immobile. J'attends.

Votre voix, très basse, comme perdue dans un rêve :

– Lorsque je vous ai appelée, la semaine dernière, j'ai eu peur que vous me disiez non. J'ai eu peur que vous ne veniez pas.

– Je suis venue.

– Oui.

Vous vous taisez à nouveau. Je me tais avec vous. J'aime nos silences. Il me semble que nos silences ressemblent à ce que seraient nos étreintes : la même évidente plénitude. La même évidente façon d'être ensemble.

– Qu'est-ce que vous faites ce soir ?

– Ce soir… Je suis avec ma fille et mon mari.

– Ah…

Nous nous regardons. C'est la première fois que je vous dis que je suis mariée. C'est la première fois que je vous dis que j'ai un enfant. Une grande douceur passe dans votre regard. J'ai envie de fermer les yeux. Je me lève. Je regarde par la fenêtre. J'aperçois les premiers flocons de neige, légers, irréels. Le visage pâle et heureux de ma fille me traverse. Je souris.

Je prononce, très bas :

– Ça faisait longtemps qu'il n'avait pas neigé à Paris.

Vous êtes derrière moi. J'entends votre souffle. Les flocons me semblent plus épais. La ville devient blanche. Je murmure, plus doucement encore :

– L'autre jour, en rentrant du déjeuner, j'ai pensé qu'on pouvait vivre et ne pas le savoir. On peut vivre comme on dormirait, longtemps, longtemps. Et un jour, ce serait la fin. On ne se serait pas réveillé. Rien ni personne ne nous aurait réveillé.

Vous ne dites rien. J'aime que vous ne disiez rien. Je ferme les yeux. En moi aussi tout est blanc. Vous me regardez, je le sais. Je sens votre regard sur moi. Je sens votre regard sur ma nuque, mon dos, mes jambes.

– Je m'en vais.

Je me retourne : vous êtes toujours à la même place, immobile. Je me demande si en vous aussi tout est blanc.

Je reprends mon manteau. Mon écharpe. Mes gants. Vous êtes très près de moi. Votre souffle sur mon cou. Je ne veux pas vous regarder. Je m'applique, comme une enfant, à m'habiller très lentement. Tout en moi se disloque, seules mes mains peuvent encore les gestes qu'elles savent depuis très longtemps : remonter une fermeture Éclair, nouer une écharpe, attraper un sac. Il y a mes mains, et le reste de mon corps, désarticulé. Je voudrais tant que vous m'embrassiez.

Vous prononcez, très bas :

– Revoyons-nous.

– Où ça ?

– Je ne sais pas. Je vais y penser. Demain ? Je passe vous prendre là où nous nous sommes quittés la dernière fois, après le déjeuner. À treize heures, est-ce que ça vous va ?

Je hoche la tête. Je ne dis rien. Je ne sais plus rien dire. J'ai perdu les mots. J'ai perdu les gestes. Je me sens glisser vers un ailleurs, je ne sais pas où, je ne sais pas à quoi il ressemble, vers quoi il m'emporte. Je suis effrayée, la joie me brûle.

Vous ouvrez la porte. Nous nous regardons une dernière fois. Ma bouche prononce « Au revoir » et l'effondrement s'achève. J'effleure votre bras. Je disparais.

Il y a les années, longues et lentes, baignées d'une lumière jaune et grise, et qui passent si vite, comme des petits feux de paille. Parfois le jaune l'emporte, parfois le gris, cela dépend. Cela dépend du désir de vivre. Certains matins la ferveur vous gagne, elle emplit le corps et l'esprit. Elle vous donne des forces. Vous avez envie. Vous y croyez. La vie après tout si belle. D'autres, c'est un découragement soudain, une lassitude qui vous envahit et vous donne envie de vous coucher à terre, vous coucher à terre et ne plus rien attendre, rien. Un animal devant la mort. Vous ne vous couchez pas, ou si brièvement que la nuit n'a pas eu le temps de vous saisir. Vous vous relevez. Vous continuez. Ne faut-il pas, après tout, sans cesse continuer ? N'est-ce pas ce qu'on vous a toujours dit ?

Les années passent, se succèdent, se perdent peu à peu dans la même lumière trouble. Au cours de ces années, un autre vous rejoint, vous accompagne. Il est là, près de vous. Il vous prend dans ses bras. Vous marchez côte à côte. Vous formez ce qu'on appelle un couple. Les autres vous regardent ainsi : comme un couple. Dans leur regard vous êtes devenu deux. Indissociables. À force d'être devenu deux vous ne savez plus très bien où vous êtes, vous, ce qu'est devenu ce que vous étiez, mais les autres vous rassurent : vous êtes un couple. Parfois vous vous affaissez, l'autre vous aide à vous relever. Vous lui en êtes reconnaissante. Puis, il se lasse. À moins qu'il n'en ait plus la force, ou l'énergie. Ou le désir. Vous vivez côte à côte, lentement vous vous éloignez. Vous vous perdez. Ce n'est pas grave. Vous vous dites que ce n'est pas grave. Que c'est ainsi. On est toujours seul. On vous l'a dit. Répété. Les autres ne peuvent rien pour vous. Chacun poursuit son chemin, personne ne peut jamais vous aimer assez pour vous prendre inlassablement dans les bras. Vous le savez. La vie n'est pas ces contes que vous lisiez autrefois. Parfois, un enfant vient. La lumière se fait plus intense. Vous êtes brûlé au-dedans de vous par quelque chose que vous ne connaissiez pas, qui vous déborde. Il y a cette joie-là, miraculée, surgie d'on ne sait où, et la solitude, profonde, infinie, qui par moments vous étreint. La vie se passe.

Il y a les années, et il y a le présent, son éblouissement. Cela commence avec une douceur subite au plus profond de soi, une douceur qu'on avait oubliée, qu'on croit reconnaître comme venant de très loin – l'aurait-on éprouvée il y a très longtemps ? Mais quand ? Quand ? Puis la douceur gagne tout le corps, toute la tête, elle prend possession de vous, comme une vague qui n'en finirait pas de grandir, de plus en plus ample, de plus en plus puissante, la douceur vire maintenant à la tempête, une tempête qui gronde au-dedans de vous, le vent qui se lève, qui dévaste tout, le corps qui se sait soudain vivant, submergé de désir : vous êtes emporté. Vous ne comprenez plus ce qu'auparavant vous pensiez comprendre : la vie qui vous paraissait simple, aux contours bien nets. Il n'y a plus rien à comprendre. La lumière jaune et grise a disparu. Il n'y a plus qu'un feu aveuglant. Ce présent-là vous fait entrevoir, dans sa plongée vertigineuse, à quoi doit ressembler l'éternité : vous êtes saisi.

Entre la lumière gris-jaune et l'irradiation du présent, y a-t-il un choix possible ?

Je marche dans la nuit, je voudrais ne penser à rien, n'être qu'un corps qui marche, un corps en mouvement dans la ville endormie. La neige a déjà presque entièrement fondu. J'aurais aimé que la ville devienne blanche, blanche comme dans mes souvenirs d'enfance lorsque ma sœur et moi courions main dans la main, et que je pensais alors que la vie n'avait pas encore vraiment commencé, et que j'essayais d'imaginer quelque chose que je ne connaissais pas, et qui déjà tourmentait mon corps, blanche comme les images qui me restent de ces paysages de montagne dans lesquels mon père et ma mère nous emmenaient parfois, l'hiver, et que le silence autour de nous était assourdissant, et que nos pas crissaient dans la neige, et que ma mère, emmitouflée dans un grand blouson blanc, marchait devant nous, majestueuse, les yeux brillants et le cœur heureux. Oui, j'aurais aimé que la ville devienne blanche et silencieuse, comme j'aimerais moi aussi devenir silencieuse, qu'en moi cessent le tumulte et le grondement des pensées qui s'entrechoquent, du cœur qui s'affole, des images qui jaillissent de je ne sais quelle nuit oubliée – mais qu'y a-t-il de plus difficile que trouver le silence en soi ?

J'avance sans hâte, les rues sont désertes, c'est l'heure où on dort, où on rêve, transporté dans des royaumes enchantés qui n'existent pas, où la vie peut-être est simple, où elle n'exige aucun choix, où tout se fait et se défait sans bruit et sans douleur, royaumes qui disparaissent à l'aube, c'est l'heure où des corps s'aiment et redeviennent heureux, et je pense à vous, je pense à vous, à votre corps, à vos mains, à vos lèvres, et quelque chose au-dedans de moi brûle lentement – je me demande si toutes les vies connaissent, un jour, une telle déflagration.

Je songe à ce texte que vous m'avez donné. Je ressemble à la jeune femme de cette histoire, vous le savez, nous ne nous le sommes pas dit, nous n'en avions pas besoin. Je me demande par quel saisissant hasard ce texte est arrivé entre vos mains, réveillant à votre mémoire le souvenir de cette nuit d'été que vous aviez voulu oublier. Je me demande combien de temps s'est écoulé entre la lecture de ce texte et votre appel. Si vous regrettez le silence de ces six dernières années. Si vous pensez que nous avons perdu du temps. Je me demande à quoi tiennent les vies : si c'est à ces connexions soudaines et imprévues d'éléments qui nous échappent et les font ensuite trembler sur leurs socles, vaciller dangereusement, pour enfin les jeter à terre ou les faire renaître.

La nuit est glacée. J'aurais aimé marcher longtemps, errer dans la ville endormie jusqu'à ce que mon corps, épuisé, s'apaise. Je ne peux pas : j'ai froid. Votre visage m'apparaît, je vous vois devant moi, en songe mais si présent, mes yeux se ferment, l'hiver est glacé et pourtant au creux de moi c'est un printemps, une renaissance, des fleurs blanches et légères qui se répandent dans mon corps et recouvrent ma gorge, mon ventre, mes bras, un rire qui éclate dans ma tête, la vie qui bat et palpite. Quelque chose en moi gémit, comme si mon corps perdait le souffle, j'aimerais demeurer immobile, me laisser envahir par le désir que j'ai de vous. Je voudrais être à vous.

Tout à l'heure, avant de m'enfoncer dans la nuit profonde j'ai ouvert la porte de la chambre de ma fille, je me suis approchée de son lit, elle dormait. Dans son sommeil il m'a semblé qu'elle souriait. Je l'ai contemplée longtemps. Je me suis demandé s'il y avait un jour, précis, où on quittait l'enfance.

Je vous ai aperçu de loin. Vous êtes immobile, debout dans le vent. Vous portez un long manteau clair. Vous m'attendez. Je crois que vous me souriez.

J'ai baissé les yeux. Mon cœur cogne. Je ne sais pourquoi je revois, dans un flash, le premier instant de chacune de nos rencontres : la position de votre corps dans l'espace, la façon que vous avez de tenir la tête toujours légèrement penchée vers l'avant, l'éclat furtif de votre regard lorsque vous m'apercevez. Comme si mon cerveau avait photographié puis imprimé en lui chacune de ces premières secondes, les dilatant à l'extrême, les arrachant au temps.

Je continue à avancer. Je relève les yeux. Vous me regardez. Je sais maintenant que tout commence là, par cette façon très singulière que vous avez de me regarder et qui n'appartient qu'à vous, le regard fixe et qui va très loin au-dedans de moi, qui m'atteint dans ce que je suis et que je ne sais pas donner aux autres. Je m'efforce de faire un pas, puis un autre, mais je tangue. Autour de moi c'est la pleine mer, un roulis de vagues invisibles. Plus je sens votre regard sur moi, plus les vagues enflent. J'aime que vous me regardiez. Je ne baisse plus les yeux. Moi aussi je vous fixe. Je ne peux pas vous sourire. Je suis très près de vous. Vous n'avez pas bougé. Vous êtes l'homme immobile. Vous êtes l'homme immobile, en manteau beige, qui m'attend.

Puis, d'un coup, les vagues disparaissent : je suis là, devant vous.

– Bonjour, Maud.

Votre voix, très basse, très douce. Je ne dis rien. Nous ne nous embrassons pas. Ma main vient frôler votre poignet. Vous la saisissez. Un bref instant vous la tenez dans la vôtre et la pressez légèrement, puis vous la retirez en m'entraînant un peu plus loin. Votre regard est clair et traversé d'un sourire. À nouveau je ne sais plus rien : il n'y a plus d'avant, il n'y a plus d'après. Il n'y a plus que vous et moi dans la lumière pâle de l'hiver, et les battements de mon cœur, heurtés, presque douloureux, qui résonnent dans tout mon corps, jusqu'à l'étourdir.

– Où allons-nous ?

J'ai posé la question du bout des lèvres. Je ne sais pas si vous m'avez entendue : vous ne répondez pas. Vous vous tournez vers moi. Vous vous arrêtez. Vous plongez votre regard dans le mien. Le gris de vos pupilles s'est légèrement altéré, comme si vous étiez éclairé au-dedans de vous par une lumière nouvelle. Je crois que mon cœur a cessé de battre. Quelque chose monte de mon ventre, comme un long tremblement qui n'en finit pas. Je vous regarde, je ne vous quitte pas des yeux et il me semble que dans le même temps je vois votre bouche, que je désire, et vos mains, que je désire, et votre corps tout entier. Le désir que j'ai de vous est brutal. J'ai envie de vous. J'ai envie de vous en moi. J'ai envie de vous, de chaque parcelle de votre peau, partout sur mon corps. J'ai envie de vous comme jamais je n'ai eu envie d'aucun homme, comme jamais je n'ai pensé qu'un jour je puisse avoir envie d'un homme. J'ai envie de vous éperdument, douloureusement, totalement.

Combien de temps restons-nous ainsi, sans nous toucher ? Je suis brûlante, immobile, quelque chose en moi s'est figé, vos yeux parcourent lentement mon visage comme si vous embrassiez chaque fragment de ma peau, je m'offre à votre regard qui me capture, qui me fait vôtre, le désir monte en moi, par vagues, je ne lutte plus, je m'abandonne, la peur m'a quittée, il n'y a plus que le présent, évident, la violence de mon désir pour vous.

Sans un mot vous caressez ma joue. Je ferme les yeux. Votre main sur ma joue, très vite je ne sais plus où elle est, je la ressens partout sur mon corps, et au-dedans aussi. Je ne sais plus où je suis, où vous êtes, si nous sommes loin l'un de l'autre ou déjà ensemble, déjà étreints.

Puis vous prononcez, très bas :

– Avançons, voulez-vous ?

À nouveau nous marchons côte à côte, lentement. Le tremblement en moi n'a pas cessé. Je me demande si j'en finirai un jour de trembler ainsi devant vous. J'aimerais n'en jamais finir. J'aimerais que cet instant dure toujours, cet instant gorgé de désir et d'incertitude, et heureux, si heureux, j'aimerais que nous en restions enveloppés à jamais. Nous demeurons silencieux. Je sens votre odeur, qui m'enveloppe. J'essaie de me souvenir si vous portiez le même parfum il y a six ans. Je ne sais plus. J'ai oublié. J'aimerais ne plus rien oublier de nous. J'aimerais vous le dire. Je ne vous dis rien. Le vent est tombé. C'est comme si le silence s'était soudain fait très doux, et qu'il s'était emparé de nous, et qu'il nous recouvrait, nous protégeait. Votre voix grave me parvient :

– Je vais répondre à la question que vous ne m'avez pas posée : je vis avec une femme, j'ai des enfants. Lorsque nous nous sommes rencontrés la première fois, à cette soirée, je vivais déjà avec cette femme.

– Vous n'êtes pas obligé de me raconter tout ça.

– Je sais. Mais je vous le raconte tout de même. Peut-être plus pour moi que pour vous.

Vous vous taisez à nouveau. Sans un mot je me rapproche un peu plus de vous. Mon épaule frôle la vôtre. Je ne vous regarde pas. Nous ne disons rien. Nous continuons à avancer. Nos pas s'accordent comme si nous avions toujours avancé ensemble, au même rythme, depuis des années, depuis des millénaires. Nous n'avons plus d'âge. Nous sommes peut-être devenus très vieux. Nous sommes peut-être les mêmes qui, il y a cent ans, il y a trois cents ans, s'aimaient et n'avaient pas besoin de se le dire. Je sens votre chaleur, qui me gagne. C'est comme si elle passait de vous à moi, puis montait dans mon ventre, dans ma gorge. Je prononce, doucement :

– Je crois que je ne vous attendais plus.

Vous ne répondez rien. Vous pressez mon bras très fort, quelques secondes. Quelque chose en moi achève de se déchirer.

Votre main remonte jusqu'à mon épaule, puis redescend. Nous continuons à marcher. Je regarde le ciel au-dessus de nos têtes : l'éclat du soleil filtre à travers les nuages. La lumière est blanche, presque crue. Je me laisse aveugler un instant, avant de fermer les yeux. Vous me guidez.

Je ne sais pas où vous m'emmenez. Je ne sais pas où j'ai envie d'aller. C'est la première fois que je marche aux côtés d'un homme sans savoir où il m'emmène, en aimant qu'il m'emmène quelque part, n'importe où. Avant, j'avais un nom et une vie. Maintenant, je marche à côté de vous, très lentement, et cette lenteur est pourtant comme une course folle, une danse sans limites, j'ai oublié mon nom, la vie, soudain, a grandi autour de moi, comme un terrain vierge dont les frontières n'en finiraient plus de reculer, elle est devenue mouvante et incertaine, effrayante et heureuse. Elle m'aspire.

– C'est drôle, le vent est tombé d'un coup.

J'ai murmuré la phrase sans m'en apercevoir, une rêverie échappée de moi. Vous vous tournez vers moi, vous me souriez. Nous nous immobilisons. Alors, d'un doigt, très doucement, j'effleure votre main. Et, dans le même temps, je songe à toutes ces années, ce temps infiniment long qui s'est écoulé sans vous, ce temps où vous n'étiez pas là, où j'étais perdue de vous. Je prononce, très bas :

– Parfois, pendant ces années, il m'est arrivé de fermer les yeux et d'imaginer votre bras tendu vers moi, votre main qui m'attrapait enfin, qui m'attirait à vous.

Ma main caresse votre main. Vous ne l'avez pas retirée. J'aime aller et venir ainsi, partout sur elle, et dans le creux de vos doigts. Votre main devenue un territoire immense, inconnu, un territoire que j'aimerais explorer, dans lequel j'aimerais me perdre. Je tourne à nouveau mon visage vers le vôtre. Vous ne dites rien. Vos yeux sont brillants.

Je reprends :

– Ce n'est pas que la vie était malheureuse. Il y a eu des moments heureux, de la gaieté. Mais, parfois, ce qu'on vit et ce qu'on éprouve ne coïncident pas. Il y a comme une distorsion, et vous ne savez pas d'où elle vient... Vous ne savez plus ce qu'est le réel : si c'est ce que vous vivez, les faits, les situations. Ou ce qui vous habite, au-dedans de vous, et que vous ne pouvez expliquer à personne... C'est comme si quelque chose mourait en moi, lentement. Et j'ai pensé, souvent, que rien ne me sauverait de ça, de ce long enfoncement vers la vie qui ressemble à la mort.

Vous hochez la tête en silence. Je sais que vous savez. Je sais que le regard que vous avez posé sur moi dès la première nuit est le regard de celui qui connaît ça, la vie fragile, qu'on ne sait comment retenir, la vie qui vous file entre les doigts, qui perd son battement, sa pulsation. Un jour on se dit que c'est fini, elle ne reviendra plus, notre tour est passé, on a été vivant, traversé par des énergies, des espérances plus grandes que soi, des rêves qui nous dressaient vers le ciel, et on est devenu autre chose, non plus dressé mais courbé, quelque chose entre le mort et le vivant, comme une poupée dont le mécanisme s'est cassé et qui désormais ne danse plus et reste immobile, les yeux éteints ; et puis si, la vie revient, c'est comme si elle s'était plu à nous jouer un tour, elle revient, c'est violent, fulgurant, ça vous coupe le souffle et vous fait monter les larmes aux yeux, alors on comprend qu'on ne saura jamais rien de ça, de cette vibration mystérieuse, la vie qui peut soudain nous abandonner puis parfois nous reprendre, nous rendre au présent. Oui, je me souviens de votre premier regard sur moi, doux et mélancolique, où tout ça se lisait parfaitement, et c'est peut-être d'abord pour lui, pour ce regard qui trahissait tant de chutes et pourtant irradiait, que je vous ai aimé, d'un coup, totalement.

Je m'approche un peu plus de vous. Je me penche vers vous. Mes lèvres dans votre cou. Votre peau est tendre. Je respire votre odeur. Je relève la tête. Je lis dans votre regard ce à quoi vous pensez, ce à quoi je pense aussi, ce que nous savons maintenant tous les deux : nous sommes un homme et une femme qui allons faire l'amour pour la première fois ensemble. Nous sommes un homme et une femme.

Je vous regarde, vous me regardez, nous savons que

nous allons nous toucher, et nous déshabiller, et nous montrer nu devant l'autre, et nous caresser, quelque chose cédera en nous et ce sera comme une longue défaillance, de tout le corps, de toute la tête, nos yeux et nos mains découvriront la peau, et la chair, et l'odeur, et le sexe de l'autre, nous y pensons tous les deux, le désir monte en moi violemment.

Vous m'attirez doucement à vous. Je suis contre vous, votre corps contre le mien, vos côtes, votre ventre, vos jambes contre moi, votre chaleur, vous caressez mes cheveux, je caresse votre visage, longtemps, longtemps. Je ne peux rien voir. Je ne peux rien dire. Quelque chose dans ma tête n'en finit pas d'éclater.

Je m'aperçois tout à coup que vous me parlez. Votre voix sourde, très basse. Vous parlez en bougeant à peine les lèvres, comme un murmure du dedans de vous :

– J'imagine que nous ne pouvions pas faire autrement, n'est-ce pas ?

Et soudain je ne sais plus si c'est vous ou moi qui ai prononcé ces paroles.

Je suis une jeune fille. J'ai des seins, des hanches, des longues jambes, un sourire. Mon amie Anne me raconte parfois, avant que nous nous endormions, le soir, dans la chambre que nous partageons, combien elle aime faire l'amour. Je l'écoute dans le noir. Elle parle et j'imagine mon corps emboîté dans un autre corps, tous deux flottant dans l'espace, tournoyant très lentement sur eux-mêmes, blancs et nus. Anne me demande un soir si moi aussi j'aime faire l'amour. Je reste silencieuse.

J'étudie beaucoup. Je suis dans un internat. Depuis huit mois je n'arrête pas. Je suis épuisée. J'aimerais avoir du temps pour ne rien faire. Juste ça : ne rien faire. M'étendre quelque part et ne plus penser.

C'est l'après-midi. Je suis sortie de ma chambre. Je me dirige vers le parc. Il fait beau, c'est une des premières journées de printemps. Le parc est désert : les autres étudiants sont dans leurs chambres. J'avance seule vers la grande pelouse. J'enlève mes chaussures. Mes pieds sont nus. Ma peau est très blanche, presque translucide. Je la regarde, vaguement hébétée : j'ai l'impression d'être complètement nue. Je m'allonge sur l'herbe, au soleil. Je bouge lentement mes pieds, d'un côté et de l'autre, je les frotte sur l'herbe, je les soulève puis les repose. C'est bon. Mes pieds n'ont pas caressé l'herbe depuis si longtemps. Je garde les yeux ouverts. Je regarde le ciel au-dessus de moi, immense, traversé de nuages qui dessinent des formes étranges puis passent, très vite. Je regarde l'arbre à côté de moi, un tilleul. Il doit être là depuis des années, combien de temps, j'essaie d'imaginer, cinquante, cent ans peut-être, il monte haut, ses branches sont amples, ses feuilles me paraissent douces. J'ai envie de les toucher. Je les observe longuement, je cligne des yeux à cause du soleil qui m'éblouit. Elles sont très vertes. Par moments une légère brise les soulève, puis elles retombent mollement, et tout redevient calme.

Je ne sais pas combien de temps je reste là, les pieds nus dans la pelouse, le visage chauffé par le soleil, allongée sur cette herbe verte à l'odeur entêtante. Tout s'est arrêté, j'ai tout à coup l'impression d'avoir beaucoup de temps, un temps fou devant moi. Tout est grand, et vaste. Tout est possible. Quelque chose de très doux monte en moi. Je me tourne sur le ventre et j'enfouis mon visage dans l'herbe. Et là, dans l'herbe fraîche, en silence, je pleure, je pleure le bonheur que c'est d'être vivante.

Je rentre lentement chez moi. Il a neigé pendant que nous nous aimions, nous ne le savions pas mais tandis que nos corps se caressaient et s'étreignaient, les flocons tombaient sur Paris et recouvraient doucement la ville. Je regarde la neige scintiller. Je sais qu'elle va bientôt disparaître. J'aimerais conserver en moi cette image de Paris blanche et miroitante, de ce jour où pour la première fois nous nous sommes aimés et où j'ai éprouvé un profond bonheur. Où il n'y avait plus rien à désirer, plus rien à attendre : il y avait cette joie-là, nos deux corps ensemble et les mots que nous murmurions dans la même torpeur heureuse, et la lumière qui éclairait ton visage et qui, sans doute, éclairait le mien.

Je revois cet instant, lorsque nous sommes entrés dans l'ascenseur. La porte s'est refermée sur nous. Nous étions tous les deux, seuls, dans ce minuscule espace. Vous avez appuyé sur un bouton, l'ascenseur a commencé à monter. Je ne vous ai pas regardé. J'ai pensé à la première nuit, celle où tout avait commencé, il y a six ans. L'ascenseur montait, je vous revoyais penché vers moi, vos yeux gris qui ne me quittaient pas, qui prenaient lentement possession de moi, je vous entendais me demander si j'avais vu *Le Voleur de bicyclette*, j'ai fermé les yeux, j'ai pensé qu'aujourd'hui nous étions là, dans cet ascenseur, nous montions vers une chambre et nous allions faire l'amour, six ans avaient passé, il y avait eu tout ce temps, ce silence entre nous, comme un long désert dont j'avais pensé que je ne reviendrais jamais, et nous n'étions pas morts, nous étions là, tous les deux, dans cet ascenseur. La vie avait inventé ce que nous n'avions pas su imaginer.

Puis nous avons été là, dans cette chambre, seuls, enfin. J'ai levé les yeux vers vous. Nous sommes restés longtemps à nous regarder, immobiles.

Puis, vous m'avez déshabillée.

J'avance dans la nuit qui commence, sans hâte, traversée d'images et de pensées qui vont et viennent en moi, et tourbillonnent, et disparaissent. Je n'ai pas froid. Je n'ai pas peur. Je ne sais pas à quoi va ressembler ce soir, ni demain, ni après-demain, ni les autres jours, je ne connais plus rien de cet avenir qui tout au long de ces années m'apparaissait comme un chemin que je pouvais distinguer, une ligne droite qui s'enfuyait devant moi. Il n'y a plus de chemin, il n'y a plus de ligne droite. Ma vie a pris feu, et cet embrasement soudain a signifié sa mort et sa naissance. J'ignore de quelle enfance, de quels manques, de quelles solitudes est né ce sentiment qui me lie à vous, mais moi qui ai toujours éprouvé la nécessité de chercher quelque chose et qui ne savais pourtant pas ce que je cherchais, qui me suis toujours sentie entraînée dans un mouvement qui me poussait éperdument vers un avant qui me faisait peur, dont je n'osais avouer l'effroi mais que j'ai écrit, parfois, dans mes livres, je songe que, dans vos bras, la course s'est arrêtée. La course s'est arrêtée enfin. Je ne sais pas pour combien de temps, je ne veux pas le savoir : je ne veux pas que l'avenir dessine à nouveau sa trajectoire. Avec vous j'ai compris que le sentiment d'éternité ne s'inscrit pas dans l'avenir, mais dans la profondeur et la défaillance vertigineuse du présent.

Il me semble encore sentir votre première caresse, lorsque vous avez enlevé ma robe et que votre main a caressé mon dos, plusieurs fois, lentement. Lorsqu'elle est descendue bas, très bas, à cet endroit du corps où tout commence et tout finit. Lorsque rien n'était encore fait, et que l'amour débutait entre vous et moi comme une danse très lente. Dans cette caresse, et ce vertige, ce désir de vous et moi.

Les flocons tombent à nouveau sur la ville. Ils tombent sur mes cheveux, ils tombent sur mon visage, ils tombent sur mon cou, ils tombent et tombent encore, comme une pluie heureuse, je sens sur ma peau leur douceur et un sentiment de joie profonde m'étreint : j'ai l'impression que tout commence. Et peut-être est-ce vrai, tout ne recommence-t-il pas sans cesse ? On passe de l'enfance à l'adolescence, de l'adolescence à l'âge adulte, on apprend à faire semblant, mais ne reste-t-on pas nu comme au premier jour, lorsqu'on est sorti des cuisses de sa mère et qu'on a poussé un cri dont nul ne sait si c'était un cri d'effroi ou d'éblouissement de se retrouver là, tout à coup, si soudainement, si violemment, en vie ?

Je ferme les yeux, je cherche l'instant où vous m'avez déshabillée, où je me suis allongée sur le lit, nue devant vous, où vous m'avez regardée, où vous m'avez caressée, avec vos doigts, avec votre langue. Ce moment-là, précis, où votre bouche était sur mon sexe, où vous m'avez dévorée.

À certains endroits la neige a déjà entièrement fondu, laissant les rues luisantes et mouillées, gorgées d'eau. Un peu de blanc s'accroche encore aux arbres, taches presque phosphorescentes dans la lumière des réverbères, je les regarde, parures fragiles qui bientôt disparaîtront, il me semble que je pourrais les contempler des heures durant, sans m'en lasser. Un sentiment sourd et poignant m'envahit, comme un étourdissement au creux de moi. Que tout passe, cela ne signifie-t-il pas ça aussi, qu'on peut éprouver soudain la splendeur du monde et en rester saisi ? Oui, je marche et tout en moi palpite, et frémit, et je songe que c'est peut-être cela, se sentir accordé au monde.

Et puis, votre sexe est allé et venu en moi, lentement, avec douceur, il me caressait. C'était bon et ça me donnait envie de pleurer. J'ai enfoui mon visage dans votre cou. J'ai respiré l'odeur de votre peau. Je vous ai embrassé, pour chasser mes larmes. Puis ma tête a glissé hors du lit, et le haut de mon buste, et je me suis laissée aller en arrière, cambrée, je n'avais plus envie de pleurer, le plaisir montait en moi, montait, l'amour n'était plus doux, l'amour devenait brutal, j'aimais ça, vous le sentiez, vous alliez et veniez en moi de plus en plus vite, je fermais les yeux, j'entendais mon souffle qui se fondait au vôtre, des éclairs me traversaient, mon corps devenait tout entier à vous, une vague plus puissante le soulevait, je m'entendais crier.

La nuit est glacée, le froid pénètre mon corps, j'aimerais marcher plus vite mais je ne peux pas, je me sens lentement m'engourdir, mon cerveau se vide, ne restent que les images de notre étreinte, nos corps nus rompus de plaisir, mes membres sont douloureux, mes cuisses, mon sexe, mon ventre, les élancements de l'amour se mêlent à ceux du froid, je pourrais m'asseoir, attendre que le froid achève son travail d'engourdissement.

La chambre était plongée dans la pénombre, les stores à demi baissés, je ne savais pas quelle heure il était, je ne savais pas depuis combien de temps nous étions là, dans les bras l'un de l'autre. Nous avions fait l'amour et vous m'aviez fait jouir, et maintenant je reposais sur vous, allongée, mon ventre contre le vôtre, votre corps était chaud et votre main caressait mon dos. Et soudain vous m'avez demandé, très bas, si j'avais commencé à écrire. Je vous ai dit oui. Je vous ai dit que tout avait recommencé avec vous, avec ce texte que vous m'aviez donné. Vous m'avez serrée contre vous en silence. Et j'ai pensé à mon livre, celui dans lequel je mettrai ma vie, celui qui dira les instants où le désir l'a emporté sur les ténèbres et qui racontera notre histoire. Qui lui accordera un espace, une clarté, un sens. Car, dans le flot mouvant et ininterrompu de la vie, dans le glissement des choses et des êtres, qui, sinon nous, doit extraire du magma informe et gris ce qui le rend à la vie ? Chercher le bonheur, n'est-ce pas ça après tout ? Savoir ce qui nous a rendus heureux et le faire danser vers le ciel, comme on a envie de danser avec l'être aimé ? J'écrirai mon amour pour vous, non pour le rêver, mais pour m'en envelopper. Pour le faire vivre.

Et ce soir, dans la nuit froide de l'hiver, dans la nuit glacée et incertaine, je me demande si l'amour et l'écriture ne naissent pas de la même nécessité : celle de ne pas renoncer, celle de s'interdire de se laisser glisser, emporter dans la course erratique de la vie, et de perdre le désir des choses, d'oublier ce que c'est que la vie qui flamboie et la joie qui emplit le corps et la tête. Oui, écrire et aimer procèdent sans doute du même mouvement, celui de se dresser vers le ciel et de se laisser traverser par la vie.

Et j'entends encore mes paroles, celles que j'ai prononcées après, allongée contre vous, tandis que nous étions calmes et heureux : « Ma vie a changé cette nuit-là, il y a six ans. Il y avait avant, il y a eu après. Rien n'a plus jamais été pareil. Vous m'aviez réveillée », songeant que peut-être je ne pourrais plus vous le dire, puisque nous ignorions ce qui adviendrait de nous, du désir qui avait pris possession de nous dès notre première rencontre. Mais cette phrase, je vous l'avais dite, vous l'aviez entendue, tandis que votre main caressait mon dos, et que je caressais votre visage, et votre torse, et votre ventre, je savais que vous la garderiez au creux de vous pour toujours, que vous ne l'oublieriez pas.

Mes pensées se brouillent et s'effilochent, votre visage m'apparaît, vos mains, vos yeux, votre bouche, j'entends votre souffle, n'êtes-vous pas là, tout près de moi, je ralentis encore le pas, il me semble qu'autour de moi tout devient blanc, de plus en plus blanc, ce ne sont pas seulement les rues mais aussi les immeubles, et les voitures, et les arbres, et l'air, et le ciel, le monde entier qui devient blanc, et à l'intérieur de moi aussi, le blanc qui me pénètre et m'étourdit.

Je repense à ce que vous m'avez dit, alors que nous étions presque endormis et que vos paroles me parvenaient de très loin et de très près. Vous m'avez dit qu'à l'instant même où vous m'aviez vue arriver au restaurant, vous aviez su que rien n'avait fini. Vous aviez su que maintenant que j'étais là, à nouveau devant vous, vous ne pourriez pas lutter une deuxième fois. Devant moi, c'était devenu impossible. Vous vous étiez demandé si nous avions perdu, ou gagné. Je n'ai rien répondu à cette question qui n'en était pas une. Vous respiriez contre moi, je vous ai regardé, vous aviez les yeux clos et j'ai songé que c'était ce visage, qu'à présent je pouvais toucher, caresser, qui avait bouleversé ma vie. J'aurais pu vous regarder des heures entières, ne faire que ça, me perdre dans la contemplation de votre visage – on a toujours envie de percer le secret de ce qu'on ne comprend pas. Il n'y avait pourtant rien à comprendre, je le savais. On ne sait rien de ce qui nous rend à la vie, dans sa vibration la plus intense, de ce qui nous sauve de la nuit qui menace de nous engloutir.

Vous avez ouvert les yeux. Vous avez souri. Votre main a glissé dans mes cheveux. Puis votre sourire s'est effacé. Vous êtes devenu grave. Je savais à quoi vous pensiez. Je n'ai pas voulu que vous le disiez. J'ai embrassé vos lèvres pour vous faire taire, pour empêcher les mots qui n'auraient servi à rien, que je connaissais déjà, que vous n'aviez pas besoin de me dire.

J'aurais aimé prendre encore votre sexe dans ma bouche et vous faire jouir. J'aurais aimé que nous recommencions l'amour, encore et encore.

Le visage de ma fille m'apparaît, je continue à avancer. Je ne sais pas quelle heure il est : j'ai laissé ma montre au fond de mon sac, je n'ai pas envie de la reprendre. Mes pensées sont de plus en plus floues, comme au bord d'un rêve. C'est peut-être le froid. C'est peut-être le sommeil. J'ai envie de fermer les yeux. L'image du *Voleur de bicyclette* vient à nouveau danser en moi, la seule qui ait survécu à la défaillance de ma mémoire, un père et son enfant qui se regardent et ne se disent rien. Peut-être après tout se parlaient-ils dans le film. Mais moi, ce que j'en ai retenu, c'est ce regard intense, désespéré, et le silence entre eux, qui ressemble à un vide et n'en est pourtant pas un, sans doute le plus poignant des liens. Et je songe alors que je me souviens peut-être de cette image pour l'immense désarroi qu'elle exprimait, le désarroi d'un père face à son petit enfant, le désarroi devant la vie, devant ses ombres et ses lumières, et parce que j'ai compris, sans doute ce jour-là, que ce désarroi, c'est le nôtre à tous, et que ce serait un jour le mien.

Tout à l'heure, lorsque vous avez une dernière fois caressé mon front, caressé mes épaules, caressé mes seins, avant de vous lever et de vous rhabiller, j'ai eu envie de vous parler du *Voleur de bicyclette*. J'ai eu envie de vous raconter cette image. De partager avec vous ce souvenir insolite. Et puis je ne vous ai rien dit : déjà vous étiez debout, déjà vous cherchiez vos vêtements, déjà vous me souriiez, et ce sourire était à la fois magnifique et douloureux, et j'ai préféré que nous nous taisions, comme ce père l'avait fait devant son enfant, oui, j'ai préféré que nous ne laissions pas les mots recouvrir tout ce que nous savions nous dire en silence, j'ai préféré nos espaces silencieux et infinis qui depuis le commencement nous comblent tant.

Le téléphone a sonné alors que je m'apprêtais à sortir. J'avais rendez-vous avec Éric au théâtre de l'Atelier, il y faisait une lecture. J'ai hésité puis pris l'appel : j'espérais que ce soit Marie, partie pour quelques jours en vacances à Oslo. Ce n'était pas Marie. J'ai entendu ta voix et je me suis assise. J'ai posé mon sac. Tu m'as demandé si tu me dérangeais et j'ai eu le temps de songer, dans un éclair, que les voix ne changent pas. Elles ne vieillissent pas. Tu n'as pas attendu ma réponse, tu as enchaîné : « Maud, je suis de retour en France. J'ai quitté les États-Unis il y a trois semaines. »

L'air autour de moi s'est modifié d'un coup. Comme s'il s'était chargé de fines particules d'électricité. Je t'ai dit que je n'avais pas beaucoup de temps, j'avais rendez-vous avec Éric, c'était un soir important pour lui. Tu as parlé sur ce ton rapide qui était resté le tien. Tu m'as expliqué qu'une rétrospective de ton travail était organisée en ton honneur et qu'à ce titre, *Le Rêve de Juliette* serait projeté samedi prochain au Rex. Tu m'as dit que tu aimerais que je vienne, pour que nous présentions le film ensemble. Je n'ai pas répondu tout de suite. J'ai essayé de calculer combien de temps s'était écoulé. Je me suis rappelé notre dernier dîner ensemble, quelques jours avant ton départ, à une terrasse, en plein Paris. C'était au mois de septembre. C'était il y a deux ans. Depuis, nous ne nous étions pas revus. Depuis, Éric et moi avions déménagé, Marie avait passé son bac, j'avais commencé un nouveau roman.

J'ai entendu à nouveau ta voix. Tu insistais : « Alors, c'est d'accord ? Tu seras là ? » J'ai dit oui. J'ai même ajouté que ça me ferait plaisir de te voir. Tu as bredouillé quelque chose sur des kilos en trop, sur les désastres de la cuisine américaine. J'ai entendu tes derniers mots : « À samedi alors. Je te laisserai un message dans la semaine pour te donner l'horaire exact. »

J'ai éteint mon portable. J'ai attrapé mon sac, mes clefs, une veste en coton. Dehors il faisait doux. L'été commençait. Je me suis hâtée vers le métro.

Tu m'as appelée un soir, en septembre, au cours d'un très long été qui donnait l'impression de ne pas vouloir finir. Tu m'as dit que tu avais besoin de me voir, tu avais quelque chose d'important à me dire. J'étais libre ce soir-là, Éric était en tournage et Marie chez une amie. C'était rare que tu m'appelles. Je t'ai senti tendu et j'ai compris qu'il se passait quelque chose.

Tu m'as donné rendez-vous dans le restaurant où nous avions déjeuné pour la première fois ensemble, il y a un peu plus de huit ans. J'y étais retournée une fois depuis, par nécessité professionnelle, et pendant tout le repas je n'avais cessé de basculer huit ans en arrière, dans un vertigineux mouvement de va-et-vient : je tentais d'écouter la jeune femme assise à ma table mais les images de ce déjeuner au cours duquel ma vie avait d'un coup été bouleversée ne cessaient de me happer, et ça avait été étrange et éprouvant de replonger ainsi tant d'années en arrière, dans ce moment précis où ma vie d'alors avait été comme pulvérisée, face au regard qu'un homme posait sur moi et au désir violent qu'il faisait naître en moi.

Au téléphone, ce soir-là, tu as précisé : « Ça me ferait

plaisir qu'on se retrouve là-bas, Maud. Tu comprendras pourquoi. » Je m'étais dépêchée de me préparer, partagée entre la nervosité et l'inquiétude. Une fois de plus, je constatais que même si nous ne nous voyions que très peu souvent, même si ce qui s'était passé entre nous t'avait rendu à mes yeux un autre homme, si différent de celui que j'avais cru tant aimer, je me sentais encore profondément liée à toi et savoir que quelque chose se produisait dans ta vie me tourmentait.

Tu étais déjà là lorsque je suis arrivée, assis à une table en terrasse. En m'approchant de toi j'ai revu, comme en songe, cet instant où je t'avais rejoint, huit ans plus tôt, glacée par le froid de l'hiver et défaillante. Huit ans avaient passé, mais, plus que huit ans, une autre vie. J'ai éprouvé un léger étourdissement. Ce soir-là c'était l'été, il faisait doux, je ne portais ni veste ni manteau, j'étais en robe d'été et je n'avais pas froid, je ne défaillais pas, le désir qui m'avait brûlée si longtemps était mort, j'avais souffert, terriblement, j'avais souffert puis la vie était revenue, et ce soir-là j'étais là, j'avançais vers toi qui me regardais sans rien dire, tu portais une chemise bleue et tu fumais une cigarette, tu m'attendais.

Je ne t'ai pas embrassé. J'ai simplement posé une main sur ta joue, tu as pressé mon poignet et je me suis assise. J'ai levé les yeux sur toi et je t'ai regardé. Tu me dévisageais, tu ne disais rien, nous sommes restés un moment comme ça, en silence, nous avions l'habitude.

Nous avons commandé du vin. Une bouteille de bordeaux. J'attendais que ce soit toi qui parles. J'observais tes mains, elles ne bougeaient pas, elles reposaient sur la table, parfaitement immobiles, et j'ai senti que tu te concentrais. Et c'est venu d'un coup, tu l'as dit d'une voix ferme et posée : « Je m'en vais, Maud. Je pars pour Los Angeles. Tu vois, en fin de compte, c'est toi qui avais raison. J'ai décidé de changer de vie, d'aller ailleurs. »

Je n'ai pas détourné le regard. J'ai continué à te regarder, fixement, calmement. J'essayais de comprendre ce que tu venais de me dire. J'essayais de comprendre pourquoi une déflagration se produisait en moi, sourde et violente, alors que nos vies n'étaient plus, depuis longtemps, suspendues l'une à l'autre.

Je t'ai demandé pourquoi.

– Le désir, ou quelque chose comme ça… Ici, j'ai l'impression d'avoir fait le tour de ma vie, de sans cesse revenir au même point. J'ai besoin d'aller ailleurs. Essayer de recommencer quelque chose.

J'ai hoché la tête. Je comprenais, bien sûr. Je comprenais. Tu étais très près de moi, tes mains ne bougeaient pas, tu n'avais pas encore bu, tes yeux étaient posés sur moi, ils étaient posés sur moi et déjà ailleurs. D'un mouvement de tête, j'ai désigné la bouteille de vin.

– Buvons un verre.

– Tu as raison.

J'ai approché mon verre du tien et tu as enfin souri. Nous avons trinqué et j'ai bu quelques gorgées de vin, je sentais le liquide couler en moi. Lentement, la déflagration s'éloignait.

Nous avons discuté longtemps ce soir-là, jusque tard dans la nuit. Vers le milieu du repas tu as vu que je frissonnais et tu m'as tendu ta veste, sans un mot. Je l'ai mise sur mes épaules et je me suis souvenue, dans un flash, de cette journée d'hiver où nous avions marché presque toute l'après-midi, il faisait un temps glacial et par moments je tremblais, tu avais cru que j'avais froid, tu avais ôté ton pull et m'en avais recouvert les épaules, je n'avais rien dit, je ne t'avais pas avoué que ce qui me faisait trembler alors, ce n'était pas le froid. Cette nuit-là, si tu ne m'avais pas tendu ta veste, je ne me serais pas souvenue, j'aurais oublié ce moment heureux. Assise à cette table, sur cette terrasse qui peu à peu se désemplissait, j'ai songé alors que ce qui est violent, ce n'est pas le temps qui passe, c'est l'effacement des sentiments et des émotions. Comme s'ils n'avaient jamais existé.

Au cours de ce dîner tu as beaucoup parlé, tu m'as expliqué pourquoi Los Angeles, les projets de cinéma que tu avais déjà en tête, les quelques amis que tu connaissais qui habitaient là-bas et sauraient t'accueillir dans les premiers temps. Tu m'as aussi posé de nombreuses questions, notamment sur mon dernier livre paru il y a quelques mois, que j'avais écrit si péniblement après le précédent, celui commencé lorsque nous nous étions rencontrés et dans lequel, envers et contre tout, j'avais voulu écrire mon amour pour toi.

Tu m'as demandé des nouvelles de Marie. J'ai été heureuse de te parler d'elle. Tu l'avais aperçue une fois, il y a huit ans, un jour où tu étais passé me chercher, elle était là et vous vous étiez dit bonjour, aussi intimidés l'un que l'autre, aussi mal à l'aise sans doute, un homme et une petite fille qui ne se connaissaient pas et percevaient pourtant qu'ils étaient, malgré eux, liés. Tu avais réussi à la faire rire mais lorsque nous étions partis, elle avait à peine consenti à effleurer ta joue pour y déposer un baiser. Après cette entrevue, plusieurs fois Marie m'avait parlé de toi et questionnée à ton sujet. Elle avait eu envie de savoir qui était cet homme qui l'avait intriguée, dont elle avait senti, sans que rien ne soit formulé, qu'il provoquait chez sa mère un flot d'émotions qu'elle ne comprenait pas.

Puis, nous nous sommes tus. La nuit était tiède encore, et, à l'étrange découragement qui m'a saisie, j'ai su que j'avais enfin compris ce que tu m'avais révélé en début de soirée : tu partais à l'autre bout du monde. Tu partais, il n'y aurait plus de soirées comme celle-ci. J'étais à présent heureuse avec un autre homme, la vie s'était de nouveau incroyablement ouverte, depuis longtemps déjà toi et moi ne nous voyions plus que de temps à autre, mais nous savions tous les deux que nous étions là. Te savoir bientôt loin de moi m'apparut soudain insupportable. Je t'en ai voulu. Il me semblait que tu brisais un accord tacite selon lequel, même si nos vies n'avaient pas su se mêler l'une à l'autre, même si tu m'avais fait croire à un royaume dont tu avais aussitôt refermé les portes, même si ce que tu avais fait alors m'avait brutalement ouvert les yeux sur l'homme que tu étais, si différent de celui que j'avais rêvé, malgré tout cela, ou pour tout cela peut-être, pour tout ce que nous avions traversé ensemble, nous resterions à jamais présents l'un pour l'autre. Je t'en ai voulu, puis, l'instant d'après, c'est à moi que j'en voulais d'éprouver une fois encore, comme je l'avais éprouvé si souvent depuis que nous nous connaissions, depuis que tu avais fait irruption dans ma vie il y a treize ou quatorze ans peut-être, lors d'une fête restée à jamais gravée dans ma mémoire, que tu m'abandonnais. Je me suis demandé si je saurais un jour mettre des mots sur le lien complexe et fou qui me liait à toi.

– Maud, je vais rentrer, il est tard. Je pars dans trois jours et j'ai encore énormément de choses à régler.

– Oui, tu as raison, allons-y.

Nous nous sommes levés dans un même mouvement précipité. J'aurais voulu faire taire le grondement sourd qui enflait en moi.

J'ai contourné la table et je t'ai rejoint. Tu te tenais debout, immobile. Tu venais d'allumer une cigarette et ton regard se perdait loin dans la nuit. L'expression de ton visage s'est faite grave soudain, et je me suis demandé si tu pensais à la même chose que moi, à tout ce temps qui s'était écoulé depuis que nous nous étions rencontrés, au cours duquel nous avions effectué un ballet étrange, intense et violent, mais, au bout du compte, où nous ne nous étions jamais perdus.

– Je ne t'ai pas demandé des nouvelles d'Éric…

– Ça va, il est en forme. Il a de beaux projets en ce moment, il est content.

– Je voulais dire, de toi et d'Éric…
– Oh… Ça va bien. On est heureux.
– Tant mieux.

Tu t'es tourné vers moi et nous nous sommes regardés. Ça faisait longtemps que nous ne nous étions pas retrouvés aussi près l'un de l'autre. En parcourant des yeux ton visage, si proche, je me suis rappelé combien j'avais aimé, d'un doigt, le caresser, partout, sur les paupières, les joues, la bouche. Je me suis rappelé combien il m'avait émue, combien le contempler éveillait en moi un désir brûlant. Depuis longtemps le regard que je posais sur toi n'était plus le même, il ne se laissait plus dévorer, depuis que j'avais brutalement compris un jour que l'homme qui m'obsédait tant n'était pas celui qui se tenait devant moi, comme si, en somme, il y avait eu deux hommes, celui à l'intérieur de moi, vision hallucinée que j'avais tant rêvée, que j'avais tant aimée, et dont j'avais voulu à chaque instant me persuader qu'elle existait vraiment, et l'autre, le réel, le vivant, celui pour lequel j'avais été une femme à conquérir mais qui ne m'avait pas aimée, et me l'avait signifié, d'une manière très simple, brutale.

– Il a de la chance…
– Ah, tu dis ça maintenant !
– Bien sûr, Maud. Ça, je l'ai toujours su. Je te l'avais dit d'ailleurs…

Nous avons continué à marcher en silence. Nos épaules se frôlaient et j'ai remarqué que tu ne portais plus le même parfum. Je me suis demandé quand tu en avais changé, à quelle occasion. J'ai essayé de penser à ce que je te dirais lorsque nous nous quitterions.

J'aurais aimé te dire quelque chose d'important, une phrase que ni toi ni moi n'oublierions.

– Et toi, je ne t'ai pas demandé ?

– Oh moi, tu sais bien... Rien d'important.

– Qu'est-ce que ça veut dire, rien d'important ?

– Tu sais ce que ça veut dire. De toute façon, depuis que Claire est partie, je n'ai pas envie d'une nouvelle histoire. Je n'y crois plus, en tout cas, pas pour moi. Des moments agréables, bien sûr, je ne dis pas non. Mais c'est tout.

J'ai hoché la tête. Je me suis demandé si une fois dans ta vie, lorsque tu étais très jeune peut-être, au tout commencement de ton existence, tu avais eu pour rêve qu'un jour les moments agréables, comme tu les appelais, soient aussi des moments d'amour. Si tu avais pensé à cette possibilité : que le sexe et l'amour se rejoignent. Je me suis dit qu'au fond, ce rêve-là, ça avait été le mien avec toi. Il ne s'était pas réalisé. Ce n'était peut-être qu'un rêve de femme.

– Regarde, il y a une station de taxis en face, allons-y.

Une rue à traverser avant de se dire au revoir. Je n'étais pas triste, c'était autre chose, une indéfinissable mélancolie. Nous avons avancé lentement. Je t'ai tendu la veste que tu m'avais prêtée.

– Merci, Vincent.

Tu te tenais debout face à moi, immobile. Tu as eu un drôle de sourire et j'ai su que nous éprouvions quelque chose de semblable. À nouveau j'ai cherché quelque chose à te dire mais rien ne venait. Je me sentais soudain lasse, comme si tout ce que nous avions vécu ensemble venait tout à coup me recouvrir, et peser sur moi. J'ai fait rapidement le calcul : quatorze ans. Quatorze ans d'histoire entre toi et moi.

– C'était bien de dîner avec toi ce soir, Maud.

J'ai acquiescé sans un mot. Je te regardais, je ne parvenais pas à me dire que c'était la dernière fois que nous nous voyions avant sans doute très longtemps. C'était même peut-être la dernière fois que nous nous voyions, et tous les deux nous le savions, nous y pensions.

Nous ne nous sommes pas embrassés : je ne pouvais plus t'embrasser, même sur une joue, même sur un front. Ça me semblait absurde. Tu as ouvert les bras, tu m'as serrée contre toi en silence. Je me suis rapidement dégagée : je n'avais pas envie de rester dans tes bras, j'avais tant aimé que tu me prennes dans tes bras il y a longtemps, dans un autre temps, une autre vie, lorsque je pensais que nous éprouvions tous les deux le même amour, la même brûlure, et j'ai songé qu'une page très longue de ma vie s'achevait peut-être seulement ce soir-là.

Le chauffeur de taxi attendait. Tu as ouvert la portière et je me suis engouffrée dans la voiture. Nous avons échangé un dernier regard, j'ai eu le temps de te voir sourire avant que le taxi ne démarre.

Puis la voiture a filé rapidement dans les rues de Paris. Un air doux entrait par la vitre entrouverte, la ville était endormie, j'ai fermé les yeux et j'ai songé que j'avais hâte de rentrer chez moi.

La salle plonge dans le noir. Éric apparaît sur scène. Il avance lentement, s'assied sur une chaise, face à une petite table en bois. Long silence. Mon cœur bat vite. Depuis qu'Éric et moi vivons ensemble, un peu plus de quatre ans, j'ai assisté à chacun de ses spectacles et j'ai pourtant chaque fois le même trac.

Sa voix grave retentit. Les premières phrases fusent. Je connais le texte par cœur : je l'ai lu plusieurs fois avant qu'Éric et moi le travaillions ensemble. C'est un texte d'un jeune auteur contemporain, une première œuvre pour laquelle Éric a eu un coup de foudre et qu'il a eu envie de défendre. Je ferme les yeux.

Le début de la lecture se déroule parfaitement et je commence enfin à me détendre. Je m'enfonce dans le fauteuil. La première fois qu'Éric m'a fait lire le texte, Marie était à la maison. Elle aussi a eu envie de le lire. Ça lui a plu. Je me demande ce qu'elle fait à Oslo. Elle m'a dit qu'elle partait avec un groupe d'amis et je ne lui ai pas posé de questions. Mais je suis presque certaine que le groupe d'amis n'est en fait constitué que d'une seule personne. Depuis quelques mois, Marie est différente. Elle est devenue très secrète et je la surprends parfois, rêveuse, une lumière nouvelle dans le regard. Elle tient un journal. Un soir, je suis entrée dans sa chambre et je l'ai surprise en train d'écrire. J'ai été très émue : je me suis revue, soudain, à son âge. Moi aussi j'écrivais. Je cachais mon journal de peur qu'on ne le lise. Je ne savais pas que plus tard j'écrirais des livres, mais je savais qu'il ne pouvait se passer un jour sans que j'écrive dans mon journal : j'avais déjà besoin des mots pour vivre. Ce soir-là, elle a refermé son carnet précipitamment. Une légère rougeur colorait ses joues. Elle ne m'a rien dit, ne s'est pas confiée, mais j'ai compris qu'elle était amoureuse. Je crois que c'est la première fois. Marie a quitté l'enfance. Je me souviens de la petite fille que j'ai longtemps bercée dans mes bras, de son visage pâle et de ses longs cheveux. Je ne crois pas que ce soit le temps qui passe. Le temps ne passe pas. Ce qui passe, c'est nous.

La voix d'Éric monte peu à peu. J'ouvre les yeux, je le regarde : une fois encore, je suis frappée par l'énergie qu'il dégage. C'est sur scène qu'Éric est sans doute le plus heureux. Il ne me l'a jamais dit, mais je le sais. C'est quelque chose que je comprends : moi-même, je ne suis peut-être jamais aussi heureuse que lorsque j'écris. La salle est très silencieuse, attentive. J'essaie de chasser mes rêveries, de me concentrer à nouveau sur la lecture.

Et c'est à l'instant où je ferme les yeux que cela survient, brutalement : je pense à toi. Comme si une détonation à retardement s'était produite dans mon cerveau. Entre le moment où j'ai éteint mon portable et maintenant, je n'ai pas songé une seconde à toi. Je me suis hâtée vers le théâtre, je suis montée embrasser Éric dans sa loge, je me suis installée dans la salle : il n'y a pas eu de temps pour toi. Là, dans la pénombre du théâtre, tandis que la voix d'Éric monte en puissance, assise au milieu de tous ces êtres que je ne connais pas et qui sont venus l'écouter, j'entends très distinctement ta voix, les mots que tu as prononcés au téléphone : *Maud, je suis de retour*. C'est comme si je comprenais seulement maintenant que tu étais revenu.

La voix d'Éric me parvient assourdie. Je ne suis plus avec lui soudain, ni avec les autres. Je suis avec toi, dans l'espace clos, secret et invisible qui est le nôtre depuis que nous nous connaissons, un espace dans lequel nos corps ont tour à tour épousé des positions différentes, tantôt très proches, tantôt très éloignées, mais même lorsqu'elles ont été désaccordées, toujours occupées à l'intérieur de ce territoire qui n'appartenait qu'à nous, comme si nous n'avions eu de cesse de refuser d'en sortir, incapables de rompre le lien étrange qui nous unissait. Après ton départ pour les États-Unis, il y a deux ans, je m'étais préparée à ce que nous ne nous voyions plus pendant longtemps. À ce que tu sortes même de ma vie. J'avais pensé que cet espace clos disparaîtrait peut-être. Car, même si l'amour que j'avais éprouvé pour toi était mort, quelque chose subsistait, quelque chose de trouble et d'heureux que je ne savais nommer – dont parfois, en sursaut, je prenais peur. Et, de fait, à part deux brèves lettres échangées à l'occasion de la nouvelle année puis de la parution d'un recueil de nouvelles, durant ces deux années nous sommes restés silencieux.

Et à présent, te voilà revenu. Qu'est devenu notre territoire ? A-t-il été effacé, ou existe-t-il encore ?

Est-ce la chaleur dans la salle ? La crudité du texte qui, bien que je ne le suive plus, s'insinue en moi ? Je me sens oppressée. J'aimerais me lever, quitter la salle et sortir. Respirer un peu d'air frais. Je ne me lève pas, je pense à Éric, j'essaie de me calmer. T'oublier et écouter la lecture. J'ouvre les yeux : Éric est assis dans la même position qu'au début, éclairé maintenant par une lumière blanche. La violence du texte me surprend. Je tourne le visage vers mon voisin de droite : le buste penché vers l'avant, il semble totalement capté par le spectacle. J'aimerais l'être autant que lui.

Je garde les yeux ouverts. Un léger vertige s'empare de moi, contre lequel je n'ai pas envie de lutter. Des images de toi et moi surgissent, souvenirs lumineux d'instants qui ont profondément marqué ma vie. Les années se confondent, tant de temps est passé, je nous revois, marchant dans l'hiver blanc et glacé de l'année où nous nous sommes aimés, je nous revois, assis très près l'un de l'autre dans le brouhaha d'une fête, je nous revois, immobiles dans le compartiment d'un train bondé filant vers Bordeaux, je nous revois, côte à côte lors de la première projection du *Rêve de Juliette*, je nous revois, debout dans une salle immense incapables de proférer un son, je nous revois, déjeunant ensemble dans un restaurant plongé dans la pénombre, je nous revois, je nous revois, et chacune de ces images est étrangement nette – intacte. Comme si le temps n'avait pas eu de prise sur ces moments. Comme s'ils lui avaient échappé.

La lecture touche à sa fin. J'entends Éric prononcer les dernières phrases. Je me sens vaguement coupable. J'essaie de me ressaisir. Chasser les souvenirs, ne plus penser à toi. Les mots de la fin sont prononcés très bas. Éric se lève. Les applaudissements retentissent. Il a sur le visage ce sourire singulier que je lui connais, heureux et épuisé, comme s'il revenait d'un autre monde. Mon voisin applaudit à tout rompre. Je me baisse, j'attrape mon sac. Nous sommes lundi soir. Il reste cinq jours avant nos retrouvailles.

Nous nous sommes revus le soir de la première projection publique du *Rêve de Juliette.* Nous ne nous étions pas parlé depuis plusieurs mois. Les dernières paroles que tu m'avais adressées remontaient au mois d'octobre, au lendemain de la scène violente et muette qui avait signifié la fin de notre histoire d'amour. Notre voyage à Bordeaux datait d'un an. J'avais pensé, en me préparant, que c'était étrange de se retrouver presque un an jour pour jour après ces deux journées dont je n'avais su dire, lorsqu'elles s'étaient achevées, si elles avaient été heureuses : jamais nous n'avions passé tant de temps ensemble, nous avions pu nous aimer librement, faire l'amour éperdument, et pourtant quelque chose avait commencé à poindre, qui m'avait laissé une saveur amère : j'avais sans oser me le formuler commencé à entrevoir que tu n'étais peut-être pas cet homme qui m'avait si longtemps, si obsessionnellement hantée. J'avais peut-être inventé un homme, dont l'image me brûlait, et qui, en définitive, n'existait pas.

Nous ne nous étions pas appelés avant la projection. Je savais que tu serais présent et, au cours des jours qui avaient précédé la soirée, je m'étais sentie très nerveuse. Ce soir-là, je ne suis pas arrivée en avance, contrairement à mon habitude. Mon cœur battait en entrant dans le cinéma, il y avait là quelques journalistes que j'ai reconnus mais auxquels je me suis sentie incapable d'adresser la parole. Je n'avais qu'une envie : que la soirée se passe le plus rapidement possible, sans heurt, sans émotion. Que ni toi ni moi n'échangions aucun mot. Que rien ne me traverse, comme si ces instants n'avaient, en définitive, pas réellement lieu.

Je t'ai aperçu dès que je suis entrée dans la salle. Tu as dû sentir ma présence car tu as aussitôt tourné le visage vers moi. Nos regards se sont croisés. Quelque chose s'est serré en moi, violemment, comme si mon cœur avait sauté un battement. J'ai réussi à détourner la tête.

Un homme s'est approché et m'a priée de te rejoindre. Il m'a demandé si nous avions préparé quelque chose. J'ai bredouillé que je te laisserais parler, tu avais l'habitude, tu le ferais mieux que moi. Il a insisté : « Il faudra tout de même que vous soyez à côté de lui lorsqu'il prendra la parole », et je me suis demandé qui était cet homme qui ne s'était même pas présenté et m'intimait des ordres qui me paraissaient au-dessus de mes forces.

Je me suis avancée vers toi, un sourire crispé sur le visage. Le brouhaha de la salle me parvenait, je voulais croire que tout ceci n'était qu'un mauvais rêve. Tu n'étais pas là, je ne me dirigeais pas vers toi, il n'y avait ce soir aucune projection, nous n'avions rien fait ensemble, aucun film. Nous ne nous étions pas aimés. Tu parlais avec une jeune femme. Au moment où je suis arrivée à ta hauteur, tu t'es retourné, tu m'as souri, et quelque chose de très clair et de très doux est passé dans ton regard. Je ne m'y attendais pas, il m'a semblé vaciller. Je t'ai souri malgré moi.

Puis, tout a été très vite. L'homme qui m'avait adressé la parole nous a rejoints, nous disant quelque chose que je n'ai pas écouté. Ton sourire continuait à se diffuser en moi, comme une longue vibration qui me faisait du bien et que je ne cherchais pas à comprendre. Les lumières se sont faites plus faibles, les gens s'asseyaient, nous nous sommes retrouvés tous les deux debout. Tu tenais un micro à la main, tu as pris la parole. J'avais du mal à comprendre ce que tu disais, ta voix, que je n'avais pas entendue depuis longtemps, recouvrait tout, secouant quelque chose au-dedans de moi, je m'efforçais de rester droite, immobile, de contenir l'émotion qui me submergeait. J'ai entendu que tu prononçais mon nom, plusieurs fois. Puis, cela a été fini. Tu t'es tourné vers moi et j'ai aperçu ton visage tout près du mien. Rien n'avait changé. C'était idiot, bien sûr, comment ton visage aurait-il pu changer en quelques mois ? J'ai senti que tu m'entraînais vers la première rangée de fauteuils, ta main effleurait mon dos. Tous les deux nous nous sommes avancés ensemble, il n'y avait que quelques pas à faire et il m'a semblé que cela durait très longtemps. Les lumières se sont éteintes, nous nous sommes assis l'un à côté de l'autre.

Pendant toute la projection, j'ai senti ton souffle tout près du mien. Je ne pouvais penser à rien. Je percevais ton souffle à côté du mien et j'éprouvais une morsure violente, dont je me suis demandé si elle s'apaiserait un jour.

J'attends Éric dans le hall du théâtre. La plupart des spectateurs sont déjà sortis. Je pense à Marie. Elle me manque. Je l'imagine dans Oslo. Je ne connais pas Oslo. Je ne sais pourquoi je me figure une grande ville blanche. C'est idiot, Oslo n'est certainement pas blanche. Je me demande s'il fait déjà froid là-bas. Un souvenir me traverse soudain : Marie et moi marchant dans la neige. C'est notre premier Noël toutes les deux seules, nous sommes à la montagne et le temps est radieux. Paul et moi nous sommes séparés au cours de l'été précédent. Elle serre sa petite main dans la mienne. Elle a le nez rouge et les yeux fatigués, elle ne dit rien, sans doute ne comprend-elle pas très bien ce qu'elle fait, la veille de Noël, seule dans cette étendue blanche avec sa maman.

Nous avançons lentement, il a neigé pendant toute la nuit et la neige fraîche crisse sous nos pas. Je cherche quelque chose à dire, une parole joyeuse qui redonne le sourire à Marie. Rien ne me vient. Marie me demande où on va. Je n'en sais rien. J'avais oublié que les enfants ont toujours besoin d'un but. J'invente, au hasard : « Là où il n'y a plus de traces dans la neige, là où on sera les premières à marcher. » Le visage de Marie s'éclaire : l'idée l'enchante. Elle lâche ma main et sautille devant moi. Je la regarde courir, j'aime la sentir enfin moins triste, plus légère. Soudain, elle tombe. Elle ne se relève pas tout de suite. Elle reste agenouillée dans la neige, le visage dans les mains. Je cours vers elle. Je me demande si elle a mal, si elle pleure. Je la relève doucement. Elle se précipite alors sur moi, une tornade soudaine, et je l'entends rire : « Je t'ai fait peur, hein ! Je t'ai fait peur, maman ! »

Je pousse un cri, je me relève d'un coup, la soulève dans mes bras. Elle rit de plus belle. Toutes les deux nous tournoyons dans la neige, à toute vitesse, maladroitement, je manque de trébucher mais je continue à tourner, les yeux de Marie sont redevenus brillants, à mon tour je me mets à rire et j'aimerais que ce rire ne s'arrête pas, que nous restions toujours ainsi, heureuses et légères, heureuses et sans peur.

– Je t'ai fait attendre, je suis désolé.

Je sursaute : Éric se tient devant moi. J'éprouve un léger étourdissement : j'ai du mal à revenir au présent. Sensation d'avoir beaucoup de portes à franchir en trop peu de temps. J'essaie de lui sourire.

– Non, pas du tout… Tout est passé si vite.

À son tour il me sourit. L'étourdissement ne se dissipe pas. Je sens le bras d'Éric autour de ma taille. Il m'entraîne vers la sortie.

Le Rêve de Juliette a été un succès. Le texte que tu m'avais fait découvrir, à l'origine du film, était trouble et intense. Il relatait l'histoire d'une jeune femme mariée qui entretient avec son père des rapports complexes qui la font souffrir. Un jour, elle tombe amoureuse d'un homme beaucoup plus âgé qu'elle. L'histoire se finit mal, la jeune femme est quittée, son père ne lui parle plus, l'homme désiré la séduit puis disparaît. C'était un texte bref, écrit dans une langue classique. Un petit bijou, étincelant. J'avais écrit très rapidement une première version que tu avais peu retouchée. Après l'avoir lue une première fois, tu m'avais appelée, tu m'avais dit que tu adorais. Ça avait été tes mots : *Maud, j'ai adoré, vraiment.* Je ne sais plus ce que je t'avais dit : rien ne me troublait plus qu'entendre ta voix au téléphone. Chaque fois je ressentais une émotion intense. Chaque fois un désir violent.

J'avais été fière que tu aimes mon travail. Je te faisais confiance. J'avais très envie que notre œuvre commune soit une réussite.

Le Rêve de Juliette avait été tourné rapidement, en caméra numérique, par un jeune réalisateur que tu connaissais, dont tu avais aimé les deux premiers courts-métrages. Un peu plus d'un an après la fin du travail d'adaptation, il sortait en salle. Ça avait été un exploit de tout boucler aussi vite. Le film n'avait pas coûté cher, mais le cinéma se portait de plus en plus mal. Trouver des budgets, même pour des œuvres peu coûteuses, devenait très difficile. Nous avions été heureux, toi et moi, de savoir que *Le Rêve de Juliette* se ferait facilement.

Je n'ai jamais su si j'aimais le film. Je n'ai jamais su s'il était réussi : lorsque je l'ai vu pour la première fois, lors d'une projection privée, en présence du réalisateur, en ton absence, la douleur m'étreignait tant que je vivais dans une sorte de brouillard, corps et cerveau anesthésiés. Je tentais simplement de passer chaque jour, de ne pas tomber, de m'occuper de Marie le mieux possible. Pour le reste, je n'avais plus de forces. Les jours défilaient dans une même lumière opaque.

Toi et moi nous ne nous voyions plus. Cette rupture brutale que nous avions vécue avait coïncidé, pour moi, à une fracture violente d'avec le réel : je m'en étais sentie soudain dissociée. Comme si je vivais dans une autre dimension. Comme si je n'appartenais pas au même monde, à la même réalité que tous ceux que je voyais vivre autour de moi. J'étais en rupture, de toi, de moi, du monde.

J'y pense tout à coup, en sortant du théâtre, au moment où Éric se penche vers moi pour me confier qu'il est content de la lecture. C'est une envie irrépressible, qui ne me quitte plus, tandis que nous marchons côte à côte dans les rues désertes, que nous hélons un taxi, que nous nous y engouffrons. Éric est silencieux, sans doute encore plongé dans sa lecture. Le chauffeur de taxi a mis de la musique, un air de jazz, j'écoute les yeux fermés, je songe à cette envie étrange et moi non plus je ne dis rien.

En arrivant à la maison, je découvre le message de Marie sur le répondeur. Sa voix est légère, dès les premiers mots je sais qu'elle va bien. Elle ne dit pas grand-chose, parle de longues promenades dans Oslo, d'un temps frais, d'une chambre un peu excentrée. À la fin du message, elle laisse un blanc, puis achève un peu précipitamment. Elle m'embrasse, embrasse Éric.

Je réécoute le message. Je me demande ce que cache le blanc : une pensée inavouable ? Un baiser ? Une caresse ?

Je n'ai pas l'habitude que Marie soit loin de moi. Je

ressens un vide dans mon corps. Physique. Elle me manque.

Éric me rejoint dans la cuisine. Il entend la fin du message et me sourit : lui et Marie sont assez proches. Il débouche une bouteille de vin, m'en propose un verre. Je bois quelques gorgées. J'entrouvre la fenêtre. L'air tiède de la nuit me parvient, par bouffées. L'été a vraiment commencé. Je pense à cette envie qui m'a saisie sur les marches du théâtre et qui n'a pas cessé de grandir. Je me retourne : Éric est assis, pensif, faisant tournoyer son verre entre ses mains. Je lui parle doucement. Je lui dis que la lecture a été un moment fort ; que le public s'est montré très attentif et qu'il m'a semblé percevoir, dans la salle, une réelle émotion. Je lui dis que j'ai redécouvert le texte. Il m'écoute. Son regard est très clair. Je sais qu'il me fait confiance. Je voudrais être plus précise. Ce soir, je ne peux pas. J'aimerais qu'il ne le sente pas.

Avant de sortir de la cuisine, il s'approche, m'embrasse. Sa main glisse sur ma joue, mon cou, mes seins. Je la retiens un instant.

– Je te rejoins très vite.

– D'accord.

Je vais dans mon bureau, là où sont rangés les romans que j'ai écrits. Je ne les ai jamais relus : je préfère garder d'eux une vision flottante, qui s'apparenterait à celle d'un plasticien, quant à la matière, ou d'un musicien, quant à la tonalité, et qui tient pour beaucoup à ce qu'ils ont représenté pour moi durant le temps de l'écriture, en termes d'expérience, de *traversée* – même si je sais que cette vision-là est sans doute bien éloignée de ce qu'ils sont en définitive. Je monte sur une chaise, j'attrape un exemplaire de *Mise à nu.* Je me souviens de sa sortie, de ces semaines troubles au cours desquelles on découvrait un roman dans lequel j'avais écrit l'amour fou que j'éprouvais pour un homme au moment même où cet homme et moi ne nous parlions plus. Il avait pourtant fallu parler du livre, tenter d'expliquer ce qui avait déclenché son écriture, faire face à ce que les lecteurs m'en disaient. Il avait fallu parler d'amour et de désir. Affronter le regard des autres. Répondre à la sempiternelle question : est-ce que c'est votre histoire ? Ça avait été assez terrible. Depuis, lui non plus, je ne l'avais pas relu. Il était resté en moi comme le livre qui avait accompagné, et tenté de comprendre, le séisme que j'avais alors vécu. J'avais préféré ne pas y revenir.

Ce soir, depuis l'instant précis où j'ai quitté le théâtre, où j'ai descendu les quelques marches qui menaient à la rue, où Éric s'est penché vers moi pour me confier sa satisfaction, j'ai très envie de l'ouvrir à nouveau. Je le feuillette au hasard, lentement. Je retrouve certains passages dont je me souviens parfaitement. D'autres me sont devenus étrangers. J'ai presque du mal à croire que c'est moi qui les ai écrits. Je calcule mentalement : j'ai commencé les premières phrases de ce livre il y a dix ans. Il a été publié deux ans plus tard.

Mes yeux s'arrêtent sur une phrase : « *L'autre jour,*

j'ai pensé qu'on pouvait vivre et ne pas le savoir. On peut vivre comme on dormirait, longtemps, longtemps. Et un jour, ce serait la fin. » Et, comme si ces mots avaient le pouvoir de faire resurgir le passé, un flash me traverse, réveillant à moi la secousse d'il y a dix ans : il y avait eu toi, toi soudain face à moi, et la vie qui d'un coup avait basculé, tranchée en son fil par le désir que tu avais fait naître en moi. Il m'avait semblé éprouver, pour la première fois, dans un mouvement qui tenait à la fois de la violence et de l'abandon, ce que c'est qu'être une femme. Ce que c'est qu'être une femme, dans un corps de femme, traversé par des vibrations jusque-là inconnues, puissantes : le désir, celui qui change brutalement la face du monde, celui qui fait voler en éclats tous les repères et accorde une signification nouvelle au mot liberté. Tu avais introduit dans ma vie l'attente, le rêve, le désir. Tu avais illuminé le ciel de mon existence, comme un orage en plein été, et les éclairs violents, et le ciel qui s'ouvre d'un coup, qui se déchire. C'était il y a dix ans.

Je repose le livre. Autour de moi les murs de la pièce me paraissent vaciller très doucement. À moins que ce ne soit mon propre corps. J'essaie de comprendre. C'est quoi dix ans ? C'est long ? C'est bref ? C'est grand comment ? demanderait un enfant. Si je savais répondre, peut-être saurais-je un peu mieux ce qu'est une vie.

Je n'y parviens pas. J'ai la même sensation que lorsque, enfant, je faisais couler entre mes doigts une eau très froide : après quelques secondes, je ne savais plus si l'eau était glacée ou brûlante. On peut compter le temps. On ne peut pas le saisir. Les vies non plus.

J'entre dans la chambre sans faire de bruit. Je me glisse dans le lit. Dans le noir soudain, en silence, les mains d'Éric sur mon corps. Sa bouche sur mes lèvres. Dans mon cou. Puis ses bras, qui m'attirent contre lui.

Je me suis souvent demandé si ce qui s'était passé entre nous cet hiver-là, et les mois qui ont suivi, cette histoire d'amour qui avait renversé ma vie puis, d'un coup, avait pris fin, me révélant alors ce qu'elle avait représenté pour toi, qui n'était pas ce qu'elle avait été pour moi, si tout cela s'était passé ainsi parce que depuis longtemps déjà, depuis une nuit de fête, six ans plus tôt, j'avais commencé à te rêver. À t'attendre.

J'ai fini par penser que le temps avait été le sédiment de ma représentation des choses : pendant six ans les éclats d'une fête m'avaient obsédée, je n'avais eu de cesse de les faire revenir à moi pour les revivre et, alors que je les croyais chaque fois un peu plus proches de ce qu'ils avaient été dans la réalité, je les réinventais. Je t'inventais. Tu basculais dans mon imaginaire, rejoignant la forme rêvée depuis l'enfance de l'amour.

Je me suis aussi parfois demandé si une autre que moi aurait su voir, dès ce premier déjeuner où tu m'avais invitée dans un restaurant plongé dans la pénombre, et au cours duquel le temps s'était effacé, noyant soudainement ma vie d'avant, creusant en moi un désir que je n'avais auparavant jamais éprouvé, qu'il y avait là deux histoires qui se vivaient, et ne se rejoindraient pas : la tienne, et la mienne.

Bien sûr, je n'ai jamais su répondre à cette dernière question. J'ai simplement pensé, un jour, que sans doute ma façon d'éprouver la vie et ses pulsations ne s'accordait pas parfaitement à ce monde-ci et que, peut-être, se trouvait là une des raisons qui, depuis si longtemps, me poussaient à écrire : tenter de combler le sillon, la légère dépression qui depuis toujours existait entre moi et le réel.

Ce jour-là, quelque chose en moi s'est apaisé, comme si le simple fait de trouver une justification à la présence obsédante de l'écriture dans ma vie recouvrait un peu de cette douleur lancinante que notre histoire avait fait sourdre en moi.

Nous avons pris le train une fois ensemble, pour Bordeaux. L'hiver était passé. On avait oublié qu'il avait neigé. Les jours commençaient à rallonger, les premiers bourgeons pointaient dans les arbres. Le printemps s'annonçait. Nous nous sommes retrouvés un matin sur le quai de la gare Montparnasse, il faisait frais.

C'est la seule fois que nous avons voyagé tous les deux. Je pensais que ce n'était qu'une première fois, qu'il y en aurait d'autres. Lorsque je suis arrivée à la gare, tu étais déjà là. Tu m'attendais sur le quai, près du train. Tu avais à la main un sac de voyage bleu marine, je l'ai regardé et j'ai pensé que nous partions enfin ensemble quelque part, hors de cette ville qui abritait ma vie et ses vacillations.

Le wagon dans lequel nous sommes montés était bondé. Nous avons avancé dans le couloir, trouvé notre compartiment. Quatre autres personnes étaient déjà installées. Tu as fermé la porte et nous nous sommes assis l'un en face de l'autre.

Le voyage n'a pas eu de durée : je ne saurais dire s'il a été infiniment long ou très bref. Il m'a semblé n'avoir été qu'un seul et unique instant dilaté, au cours duquel nous n'en avons pas fini de nous regarder, de nous désirer. Au cours du trajet, nous ne nous sommes pas touchés, nous ne nous sommes pas embrassés : la présence de nos voisins interdisait toute caresse. À une exception près : lorsque tu t'es levé pour aller fumer une cigarette, et qu'en passant près de moi ton index a effleuré la peau blanche et nue de mon bras. Tu n'as rien dit, je n'ai rien dit. Je n'ai pas bougé et tu t'es éloigné vers le couloir. Mais, longtemps après, lorsque tout a été fini et que j'avais la sensation de me fracasser contre notre histoire, car je ne la comprenais plus, j'ai souvent repensé à ce léger frôlement. Étrangement, ce geste presque imperceptible que tu avais eu alors m'apparaissait comme une des seules réalités qui me restaient de toi, un des rares faits dont la signification avait été claire, sans ambiguïté – dont j'étais certaine que toi et moi l'avions vécue de manière identique : à cet instant, dans ce train saturé qui filait vers Bordeaux, nous éprouvions toi et moi un même désir, violent.

Après être descendus du train, nous sommes allés directement de la gare à l'hôtel. Je ne sais pas s'il a fait beau à Bordeaux, je ne sais pas s'il a fait clair. Si le printemps y renaissait. Nous avons passé ces deux jours dans la même chambre, sans éprouver le besoin d'en sortir. Tu as refermé la porte de la chambre et sans un mot tu m'as déshabillée, et je t'ai déshabillé, et nous avons fait l'amour comme si jamais nous ne devions nous arrêter, dans un sentiment d'urgence, nous autorisant enfin à nous abandonner au désir que nous étions forcés de contenir à Paris. Sans un regard pour une montre, comme nous en avions envie depuis très longtemps : librement.

C'est pourtant au cours de ce séjour à Bordeaux, alors que nous étions allongés côte à côte le premier soir, absorbés dans une torpeur soudaine, devant ton regard qui s'est d'un coup voilé, presque absenté au moment où je te murmurais des mots d'amour, que quelque chose a commencé à se fissurer, comme si la très fine enveloppe dont j'avais voulu te recouvrir depuis longtemps, depuis notre première rencontre, avait commencé à se froisser, très légèrement. Ça n'avait pas été encore une déchirure. À peine un froissement, que je m'étais efforcée d'oublier très vite.

J'ai rêvé de toi cette nuit. C'est la première fois depuis des années. Dans le rêve, tu ne dis rien, tu ne fais rien. Tu me regardes, ton visage en très gros plan, comme photographié, ton regard fixe, qui plonge en moi, et semble me poser une question, que tu ne formules pas, que je ne comprends pas, dont tu parais pourtant attendre la réponse.

Les rêves n'ont pas de durée. Dans mon rêve pourtant, tu me regardes un temps fou. Jusqu'à ce que soudain tu fermes les yeux et disparaisses.

C'est à ce moment-là que je me suis réveillée. Il était trois heures du matin. Éric dormait profondément.

Pendant les mois qui ont suivi notre rupture, ces mois au cours desquels nous ne nous voyions plus, ne nous appelions plus, j'ai très souvent rêvé de toi. Au réveil, j'avais chaque fois oublié mon rêve. Je n'avais qu'une certitude : tu l'avais occupé. Je me réveillais épuisée, comme si ma nuit avait été une course sans fin, sans but, une longue course immobile qui m'avait ramenée au point de départ. J'avais la sensation qu'à travers ces rêves, tu me possédais.

Je ne savais pas comment. Ce vide laissait en moi un profond malaise. Le lendemain, ton image me poursuivait, obsédante.

J'aurais voulu t'arracher de moi.

Plus tard, au cours de la nuit, je me suis à nouveau réveillée et j'ai repensé à ce rêve étrange qui m'avait tant marquée, que j'avais fait il y a très longtemps, je n'aurais su dire quand exactement : était-ce avant ou après notre première rencontre ? J'étais allongée dans une baignoire, l'eau était brûlante, les larmes coulaient sur mon visage, j'avais envie de me laisser glisser au fond de l'eau, d'en finir. Un homme s'approchait de moi, je ne le connaissais pas, il me lavait, longuement, lentement, avec des gestes très doux. Il me consolait.

La nuit est silencieuse. L'aube n'est pas encore là. Je reste allongée dans le lit. Je me souviens comme je t'ai attendu. J'avais pensé que tu serais celui qui me consolerait. Tu me consolerais du sentiment déchirant de se savoir en vie et pourtant que de passage. Tu me consolerais de ce que la vie ne soit qu'une insupportable succession de pertes. De ce que rien ne dure et que tout s'efface. De ce qu'on s'efface.

Depuis, une dizaine d'années a passé. Ma vie n'est plus la même. Je vis aux côtés d'un homme qui m'aime. Ma fille est devenue une jeune femme. J'éprouve pourtant toujours au fond de moi, comme un sanglot que je cache à tous, le même besoin de consolation. Mais je crois avoir compris que personne, jamais, ne pourra me consoler. On devrait peut-être apprendre aux enfants qu'on reste à jamais inconsolable. Que ça ne sert à rien de chercher ça. Que ça n'existe pas. Que c'est un rêve qui n'existe pas.

Je t'ai envoyé *Mise à nu* un jour de décembre. Je venais de le finir. Je l'avais écrit en quelques mois, fébrilement.

Au cours de la période où nous nous sommes aimés, nous avons souvent parlé de ce livre. Je ne te le racontais pas mais je te faisais partager les sensations que l'écriture me procurait. Tu me disais être heureux de savoir qu'à nouveau j'écrivais, que la période de panne ait pris fin.

Mise à nu était un livre dans lequel j'avais, pour la première fois, parlé de mon père, de ma mère, de mon frère et de ma sœur. J'avais évoqué mon enfance et j'avais essayé, dans le même temps, de raconter l'amour que j'éprouvais pour toi, le cataclysme qu'il avait représenté dans ma vie. Il m'avait semblé qu'il y avait là deux royaumes enchantés qui, de manière très souterraine, se rejoignaient, tout en restant hors du monde.

Je te l'avais envoyé au cours de la longue période de silence qu'ensemble nous traversions. Ces semaines me paraissaient s'accorder avec l'hiver qui venait d'arriver, les vastes étendues blanches et glacées que les premiers froids annonçaient déjà. Parfois je fermais les yeux, et c'est ainsi que je nous voyais : toi et moi avançant désormais sur deux routes disjointes, qui ne se croiseraient plus, dans un paysage blanc et nu. Moi qui m'enfonçais vers un profond silence.

J'espérais que tu serais malgré tout heureux de le recevoir. Nous nous étions aimés l'hiver de l'année précédente, c'était un hiver qui me semblait avoir fini il y a très longtemps, comme si déjà il appartenait à une autre décennie, un autre siècle. Comme si des griffes s'étaient resserrées autour de lui et l'avaient emporté ailleurs, là où il reposait désormais, inatteignable.

Tu l'avais lu très vite : j'avais reçu, trois jours plus tard, une lettre de toi. Tu ne m'avais jamais écrit auparavant. La lettre était très brève. Je l'avais lue et relue. Elle disait : « Maud, j'ai lu ton livre d'une traite, hier soir. Comment te dire ? J'aimerais que tu me croies : sa lecture m'a beaucoup ému, m'a rendu très heureux. Merci de me l'avoir envoyé. Ça m'a fait du bien. Vincent. »

Ce signe si fugace et si doux de toi, au creux de notre silence, avait ressemblé au bouquet final d'un feu d'artifice, visions féeriques dont on ne peut détacher le regard, quand bien même on sait que tout va bientôt finir, et qu'à nouveau la nuit recouvrira le monde.

Marie rentre à Paris après-demain, vendredi. Elle a laissé un message pour m'informer qu'elle dînerait chez son père le soir même, et dormirait là-bas. Elle ne sera de retour à la maison que samedi.

Je me suis demandé si c'est à son père, dont elle est restée très proche, qu'elle oserait se confier. Une fille parle-t-elle de ses amours à son père ?

J'ai essayé de me rappeler la première fois que je suis tombée amoureuse. J'avais noirci des feuilles entières de mon journal, mais gardé mon amour secret. Il me semblait que je n'aurais pu dire à personne, et certainement pas à mon père, dont la pudeur n'avait d'égal que le silence, les émotions nouvelles qui m'agitaient. J'avais dix-sept ans.

C'était il y a vingt-sept ans.

Je suis allée revoir *À nos amours* aujourd'hui. Il passait à la cinémathèque. C'est toi qui me l'avais fait découvrir, il y a dix ans, comme tant d'autres films. Un jour que nous passions devant un cinéma, tu t'étais souvenu de ce que je t'avais avoué lors de notre première rencontre. Tu m'avais demandé si, depuis, j'avais comblé un peu de mes lacunes cinématographiques. J'étais restée interdite : savoir que toi non plus tu n'avais pas oublié ce que je t'avais révélé cette nuit-là, comme moi-même je n'avais rien oublié, ni de tes paroles, ni de tes gestes, ni de tes silences, m'avait émue. J'avais cru ce jour-là, comme je l'ai cru par la suite d'autres fois, que si tu te rappelais cette parole, tu te rappelais aussi les autres, toutes les autres, et que cela signifiait donc que tu avais, comme moi, beaucoup repensé à ces instants, parce qu'ils avaient été, pour toi aussi, uniques. La distorsion entre le rêve et le réel n'a pas besoin de beaucoup d'espace pour s'accomplir.

Cette après-midi, il m'a semblé, tandis que je revoyais le film de Pialat que j'avais tant aimé il y a dix ans et que je n'avais pas revu depuis, que défilaient aussi, dans le même temps, dans un arrière-plan que j'étais la seule à pouvoir déchiffrer, en une succession d'ombres chinoises, les images d'un autre film, le nôtre, celui qui avait débuté une nuit d'été au cours de laquelle d'autres dansaient tout près de nous tandis que le monde autour se dérobait. C'était la première image, d'autres lui succédaient, qui me venaient dans le désordre, comme si devant ce ballet d'ombres le temps soudain n'avait plus aucun sens, la vie ne s'était pas déroulée, elle avait été une succession de miroitements, au bord de la route Suzanne se retournait et s'éloignait de Luc et je nous revoyais un soir debout dans une salle immense, impuissants à proférer la moindre parole, et moi qui m'étais éloignée de toi, sans un mot, sans un geste, j'avais envie de fermer les yeux, de chasser les images, le film se poursuivait, Suzanne multipliait les amants, elle semblait éprouver autant d'attirance que de répulsion pour le sexe et je revoyais certaines de nos caresses, certaines de nos étreintes, je te revoyais nu t'approchant de moi dans des chambres d'hôtel qui toutes se ressemblaient, je te revoyais me pressant contre un mur et ta main remontant lentement le long de mes cuisses, faisant tomber mes vêtements à terre, ta main me caressant de plus en plus lentement jusqu'à mon sexe, je revoyais l'impudeur de nos corps, l'impudeur de nos désirs, l'impudeur de la jouissance, je fermais les yeux et les rouvrais aussitôt, le père et la fille se retrouvaient dans une cuisine, c'était la nuit, le silence autour d'eux, ça ressemblait avant même que Pialat ne commence à parler à la fin d'un monde, le père se penchait vers Suzanne et lui disait qu'il s'en allait, cette fois il les quittait, et je revivais le basculement brutal de notre histoire, la déflagration soudaine qui t'avait anéanti à mes yeux avant de m'anéantir à mon tour, c'était la fin d'un monde, la fin du rêve, Pialat effleurait d'un doigt la fossette de Sandrine Bonnaire et dans un train surchauffé tu effleurais mon bras nu, quelque chose montait en moi que j'aurais voulu réprimer, les images continuaient à défiler sur l'écran et j'en perdais certaines à mesure que je me laissais emporter dans notre histoire, j'avais envie de m'allonger et de fermer les yeux, je retrouvais le film en entendant la voix très douce de Suzanne dire à Luc que c'était avec lui qu'elle avait atteint le bonheur et qu'elle aurait voulu mourir à Courchevel, et je revoyais la neige de cet hiver-là, les flocons qui tombaient sur Paris le jour où j'étais venue te voir dans ton bureau, je me souvenais de la sensation de brûlure que j'avais éprouvée cette après-midi-là dans ce tout petit espace, à nouveau je perdais le film, je m'absorbais dans le nôtre, les images défilaient sans moi, et soudain je pensais, tandis que les derniers plans de *À nos amours* étaient projetés sur l'écran et que l'on voyait Suzanne immobile, comme figée sur elle-même, que notre histoire n'en était peut-être pas une, car toute histoire a un commencement et une fin, or la nôtre avait commencé une nuit bien précise mais elle n'avait pas eu de fin, en tous les cas je n'aurais pas été capable de lui en donner une puisqu'elle n'avait cessé de se dérouler, de s'interrompre et de renaître, chaque fois différente, modifiée dans sa nature, Suzanne partait pour les États-Unis rejoindre un amant, tu t'en revenais de Los Angeles, nous allions nous revoir dans trois jours, à nouveau je refaisais le calcul, j'entendais mon souffle rapide que je ne parvenais pas à calmer, depuis quatorze ans nos deux vies s'abreuvaient l'une à l'autre, et tous les deux nous le savions, notre histoire ne ressemblait à aucune autre, en cela elle était affolante, cette après-midi dans la petite salle obscure elle m'affolait, et je pensais pourtant que pour rien au monde je n'aurais voulu qu'elle s'arrête.

Dans la salle les lumières se sont rallumées. Je me suis levée. Je titubais. J'ai eu l'impression de revenir d'un autre monde.

Je suis sortie du cinéma. La lumière dorée de l'été

m'a aveuglée un instant. J'ai descendu la rue de Bercy puis tourné dans le boulevard Diderot pour rejoindre la Seine. Dans les arbres les feuilles étaient très vertes, une légère brise les soulevait, j'ai pensé que ça aurait été bon de s'allonger dans l'herbe verte et d'en respirer l'odeur humide. J'ai pris le pont d'Austerlitz. En contrebas l'eau coulait sans bruit.

Je te l'ai dit un soir de juin. C'était l'époque où nous nous voyions de temps en temps, déjeunant ou dînant ensemble. Ces moments partagés laissaient en moi une saveur trouble : nous étions hésitants et incertains, comme si nous nous tenions à la lisière de deux domaines, l'un clair et avenant, l'autre sombre et vertigineux. Il me semblait chaque fois que ni toi ni moi ne savions quelle route emprunter, et que nous nous tenions là, sur cette frontière indéfinie, de peur de nous tromper et de ne pouvoir ensuite revenir en arrière. De peur d'avoir des regrets.

Je t'ai appelé un soir. Je t'ai dit que je voulais te voir. Peut-être as-tu alors deviné ce que je voulais te confier. Nous nous sommes donné rendez-vous dans un petit restaurant près de la place Saint-Georges. C'est toi qui m'en as proposé l'idée.

Je suis arrivée en avance ce soir-là. Il pleuvait et je me suis hâtée en sortant du métro. J'ai remonté la rue du Faubourg-Montmartre, il y avait là plusieurs cars de touristes qui stationnaient. Je regardais ces gens venus d'autres pays, qui parlaient des langues que je ne comprenais pas. Je me rappelais qu'il y a très longtemps, lorsque j'avais vingt ans, j'avais habité tout près d'ici. Les trottoirs étaient noirs de monde, des passants me bousculaient. Je prenais la rue Notre-Dame-de-Lorette, plus calme. J'essayais de trouver ma première phrase, la manière dont je te l'annoncerais.

Je t'ai vu entrer dans le restaurant. Tu portais cet imperméable que je te connaissais. Nous l'avions acheté ensemble, un jour de pluie. Je m'en suis rappelé alors que ton visage s'éclairait : tu venais de m'apercevoir. Je me suis levée, tu t'es frayé un chemin vers moi, je te revoyais me demander dans le magasin si ça t'allait, tu parvenais à ma hauteur, je m'entendais répondre que ça me plaisait, les tables autour de la nôtre étaient déjà occupées, je t'ai souri, et j'ai eu la sensation que le brouhaha qui montait venait de l'intérieur de moi, comme une rumeur qui ne cesse d'enfler et qu'on ne peut étouffer. Nous nous sommes assis.

Nous avons échangé trois bêtises, parlé de la pluie qui ne cessait de tomber depuis quelques jours, de l'été qui n'arrivait pas, du patron du restaurant que tu connaissais depuis longtemps. J'ai eu besoin de cet espace flottant où les mots entre nous n'avaient aucune importance. Puis soudain je te l'ai dit, en te regardant droit dans les yeux : « Je suis amoureuse. »

Il m'a semblé que la fraction de seconde qui suivait cet aveu se prolongeait très longtemps, comme si la phrase possédait un écho particulier et qu'elle n'en finissait pas de résonner entre nous. Comme si elle s'interdisait de finir.

Je t'ai vu redresser la tête. Tu m'as fixée, on aurait dit que tu évaluais la chose, puis tu m'as souri. C'était un drôle de sourire. Je t'ai entendu dire : « Bon… » Ça ressemblait à un simple son qui résonnait de toi à moi. Et tu as ajouté, presque aussitôt : « Si on buvait un verre ? » et déjà le serveur se tenait près de nous. Tu commandais une bouteille, j'entendais ta voix et il me semblait que quelque chose en moi se soulevait, je ne pouvais regarder autour de moi, la salle tanguait légèrement.

Lorsqu'à nouveau j'ai pu te regarder, tu ne souriais plus. Ton regard me traversait tout entière, allant au-delà de moi, derrière moi, très loin, tu me disais : « Claire est partie il y a deux semaines. Elle m'a quitté. »

Tu as aussitôt enchaîné, me demandant si je t'autorisais à me poser des questions. À nouveau tu souriais, et ton regard était très doux, à croire que j'avais rêvé tes paroles. J'ai hoché la tête. Tu m'as demandé comment nous nous étions rencontrés, quand, où. Si j'étais tombée amoureuse tout de suite. Si lui aussi. Si c'était simple. Si c'était bien. Si j'étais heureuse. Tu voulais tout savoir.

À chacune de tes questions, je me suis efforcée de répondre aussi précisément que possible. J'ai pesé chacun de mes mots : j'avais appris à m'en méfier. Et, tandis que je te répondais, la phrase que tu avais prononcée quelques minutes plus tôt continuait à vibrer en moi, comme une basse qui aurait repris indéfiniment le même son, et je ne savais plus, soudain, si nous parlions de mon nouvel amour ou de ta séparation.

Puis nous nous sommes tus. Dans la salle, le brouhaha avait baissé. D'autres que nous parlaient aussi à voix très basse. Nous nous sommes regardés. Tu étais penché vers moi, tu caressais d'un doigt ta lèvre inférieure, et je me suis souvenue combien il était facile de se perdre dans le désir. J'ai regardé ta bouche, j'ai regardé tes mains. Je n'aurais su dire si ce moment était très triste ou très heureux. J'ai pensé à Éric. Quelque chose de doux est monté en moi, comme une vague de chaleur. J'ai eu envie de fermer les yeux.

Je ne t'ai posé aucune question sur le départ de ta femme : je n'avais jamais pu t'interroger à son sujet, ce n'était pas ce soir-là que je commencerais. Je t'ai simplement demandé si tu pensais que ça irait. Tu as haussé les épaules, tu as souri, de cette moue d'enfant qui n'appartenait qu'à toi, puis tu as prononcé, très vite : « Ça ira. » J'ai songé qu'une fois de plus la vie nous jouait un drôle de tour.

Nous n'en avons plus jamais parlé.

Ce soir-là, lorsque nous sommes sortis du restaurant, il pleuvait encore. Tu n'avais pas de parapluie, j'ai ouvert le mien et tu t'es pressé contre moi. Nous avons descendu la rue Notre-Dame-de-Lorette, je sentais ton corps contre le mien, tu ne disais rien, moi non plus, je me demandais ce qui allait advenir de nous, si notre histoire finissait ce soir-là, sous cette pluie d'été. Je songeais que nous n'avions peut-être jamais été aussi proches.

Sur les Grands Boulevards, nous avons arrêté un taxi. Tu m'as dit que tu voulais marcher encore un peu, tu prendrais un taxi plus loin, à l'Opéra. Il pleuvait de plus en plus fort, tu m'as dit au revoir, ta main a caressé ma joue et tu as prononcé quelque chose que je n'ai pas pu entendre à cause du vacarme des voitures. Tu me souriais encore et j'ai pensé que notre histoire depuis le commencement ressemblait à cet instant, l'un de nous disait quelque chose et l'autre ne comprenait pas tout.

En me réveillant ce matin, ma première pensée a été pour Marie. Je me suis dit qu'elle devait être en train de faire ses bagages. Ou peut-être déjà à l'aéroport d'Oslo, dans la salle d'embarquement. Ou peut-être déjà dans l'avion, en route pour la France.

À moins qu'elle ne soit jamais partie pour Oslo et qu'elle soit restée à Paris, à quelques rues d'ici, avec celui qu'elle aime, en secret.

Je me suis levée. C'était idiot bien sûr. Marie n'aurait jamais inventé Oslo. Elle aurait prétexté autre chose. Marie n'a jamais su mentir. C'est une jeune femme qui à la moindre émotion rougit.

Comme moi aussi je rougissais, avant.

J'ai préparé un café pour Éric et moi, je me suis assise à la table de la cuisine et j'ai revu soudain Marie enfant, blottie contre moi dans une autre cuisine, où était-ce, où, je ne m'en souvenais plus, mais je me rappelais, comme si elle était à cet instant contre moi, dans mes bras, la chaleur de son corps, l'odeur de sa peau, une odeur de foin coupé, et de pomme fraîche, nous écoutions les informations à la radio, elle avait relevé la tête et m'avait demandé, d'une voix claire : « Maman, ça veut dire quoi : se brûler les ailes ? »

Je n'avais pas répondu tout de suite. J'avais fermé les yeux et pensé à Icare, volant de plus en plus haut, grisé de sensations et s'approchant trop près du soleil. Je m'étais demandé si l'éblouissement qu'il avait éprouvé à la vue du soleil l'avait suffisamment comblé pour ne rien regretter après, pas même la mort. Marie reposait sa question : « Ça veut dire quoi, dis ? »

Je l'avais assise sur mes genoux, face à moi, et je lui avais raconté l'histoire d'Icare. Elle avait écouté avec une grande attention. Lorsque je lui avais dit qu'Icare était mort, précipité dans la mer, un tressaillement était passé dans ses yeux noirs. Elle n'avait rien dit, s'était réfugiée à nouveau contre moi, balançant ses petites jambes contre les miennes. J'avais caressé ses cheveux. Nous étions restées toutes les deux silencieuses.

C'est arrivé un jour d'automne. Depuis une semaine, le monde était en proie à une crise financière sans précédent. On assistait en direct à l'implosion de tout un système, celui qui gouvernait le monde depuis plusieurs décennies et dont le maître mot était l'argent. Certaines institutions financières de renom avaient fait faillite en quelques heures, dans la stupeur générale, soudain rayées de la carte alors que quelques semaines auparavant elles régnaient encore sur la planète. Le monde entier avait été témoin du spectacle effrayant et vertigineux de la vanité des hommes : la course au gain avait été à l'origine d'actes insensés. Ça avait été un jeu très excitant, une sorte de roulette russe : le pistolet c'était l'argent, la tempe, la face du monde – la face des hommes. Depuis quelques jours la panique ne cessait de croître : les bourses dévissaient, des pays étaient au bord de la faillite, les marchés financiers incontrôlables. On s'affolait. On ne savait plus à qui faire confiance. On était redevenu petit, et vulnérable. On se rappelait l'histoire très ancienne et oubliée de la précarité des choses.

J'ai souvent repensé à ce saisissant concours de circonstances : que notre histoire ait volé en éclats cette semaine-là, comme si, pour la première fois peut-être de mon existence, mon histoire personnelle vibrait au diapason de celle du monde. Avait-ce été le plus complet des hasards, ou n'y avait-il pas eu un lien très secret, inconnu de toi et de moi, au cours de ces jours inquiétants où plus rien ne semblait tenir, où la folie planait sur le monde, qui avait précipité notre histoire et lui avait fait connaître le même mouvement d'implosion que celui de la planète ?

J'avais accepté une invitation à un cocktail littéraire. Je les déclinais le plus souvent. Je ne me rappelle pas pourquoi j'avais cette fois tenu à m'y rendre.

Le cocktail avait lieu au Carrousel du Louvre. J'étais arrivée en début de soirée. Je me souviens parfaitement de la façon dont j'étais habillée, coiffée, chaussée ce soir-là. Comme si la douleur et l'humiliation éprouvées avaient été telles que mon esprit avait été dans un premier temps impuissant à les ressentir, et avait à la place imprimé des détails insignifiants, visuels, consistant pour la plupart en quelques morceaux de chiffon.

Je portais une robe grise qui me dénudait les épaules et soulignait ma poitrine, et des escarpins rouges vernis. J'avais fixé à mes cheveux une fine barrette argentée surmontée d'une minuscule fleur blanche. Lorsque je suis arrivée, la salle était déjà noire de monde. J'avais tout de suite éprouvé une familière sensation d'oppression. Je me souviens avoir songé, tandis que j'acceptais une coupe de champagne qu'un serveur tout habillé de blanc me proposait, et qu'autour de moi femmes et hommes devisaient et riaient avec une apparente insouciance, qu'on eût dit que le cataclysme qui s'abattait sur le monde épargnait ces gens-là, ou que, du moins pour un temps, ils l'avaient oublié, et que la vie continuait, comme avant.

Mais peut-être après tout, avais-je pensé un peu plus tard en trempant mes lèvres dans une deuxième coupe de champagne, était-ce en effet la seule attitude possible : rire et converser légèrement, continuer à faire semblant.

Je ne t'ai pas remarqué tout de suite. C'est au moment où je commençais à discuter avec un auteur que je connaissais vaguement, que je t'ai aperçu. Tu te tenais assez loin de moi, de trois quarts, tu portais une veste de couleur claire que je ne t'avais jamais vue. Tu discutais avec deux personnes dont les visages m'étaient inconnus. Il m'a fallu une fraction de seconde pour me ressaisir : je ne m'attendais pas à ce que tu sois là. Tu ne m'avais jamais dit fréquenter le milieu littéraire. J'observais ton profil, je regardais tes lèvres, que j'avais soudain très envie d'embrasser.

L'auteur me parlait de son dernier livre paru, de ses espoirs déçus, je m'efforçais de me concentrer pour ne pas donner l'impression que je ne l'écoutais pas. Je t'ai vu te diriger vers le buffet puis disparaître dans la foule. J'ai eu peur que tu ne t'en ailles sans que nous nous soyons parlé. Mon interlocuteur poursuivait sa litanie, je n'osais couper court à la conversation.

J'espérais qu'on vienne me délivrer. Autour de moi le brouhaha ne cessait de s'amplifier, j'avais fini ma coupe de champagne, je n'avais qu'une envie : te rejoindre.

Enfin, une jeune femme s'est approchée de nous. Je ne savais pas de qui il s'agissait mais l'auteur, lui, la connaissait. J'en ai profité pour m'éclipser.

Je t'ai cherché.

Il m'a fallu du temps. J'ai fait plusieurs fois le tour de la salle tout en me demandant à nouveau ce que tu faisais là, dans ce cocktail littéraire. Je commençais à désespérer de jamais te retrouver. J'ai pensé que tu étais peut-être déjà parti. J'ai regretté de m'être montrée comme toujours docile et polie, de ne pas avoir abandonné plus tôt mon interlocuteur. Je me rappelle avoir fixé une nouvelle fois ma barrette dans les cheveux. J'avais encore les doigts dessus lorsque je t'ai aperçu : tu te tenais à l'écart, de dos, dans un coin tranquille. Tu téléphonais. Je me suis approchée. J'étais heureuse de te surprendre. Je me disais que tu serais aussi étonné que moi de me voir.

Je suis arrivée tout près de toi. J'ai eu le temps de remarquer que tu t'étais fait couper les cheveux.

C'est à l'instant où j'allais poser une main sur ton épaule que j'ai entendu tes paroles. Ce que ces mots-là ont provoqué en moi pourrait se comparer à l'explosion très silencieuse d'une bombe : tout mon être soufflé d'un coup par une déflagration, et disloqué. Dans le même temps pourtant j'avais conscience qu'il n'était pas mort, que ses fonctions vitales continuaient à fonctionner, et même à surfonctionner, comme en état de surchauffe : je voyais, avec une très grande précision, se détachant devant mes yeux, tes cheveux courts, soudain grotesquement courts, je voyais, avec la même inutile précision, mes chaussures rouges, dont les reflets vernis m'apparaissaient tout à coup ridicules, je voyais ta veste claire et froissée près du col, et je restais figée dans une posture risible, sur la pointe des pieds, la main à quelques centimètres de ton épaule, tes mots n'en finissaient pas d'éclater dans ma tête, contre mes tempes, je tentais, paniquée, de me persuader que je les avais mal compris, qu'il y avait une autre explication, qu'il me fallait trouver dans l'instant, pour que tout redevienne normal, c'est-à-dire comme avant, c'est-à-dire toi et moi qui nous aimions passionnément, qui vivions un amour unique, hors du commun, un amour fou, tu allais te retourner d'une seconde à l'autre, il n'y avait pas d'explication, aucune autre, j'avais la sensation de tourner sur moi-même, une toupie affolée, et partout autour de moi le panneau issues condamnées, je me fracassais contre la réalité qui venait de m'apparaître, je n'étais pas ton amour, je n'étais pas unique, tu ne te retournais pas, tu murmurais encore, de ta voix caressante que j'avais cru n'appartenir qu'à moi, d'autres paroles, qui me mordaient le corps, me déchiraient le ventre, je demeurais là, impuissante, anéantie, tu glissais ton téléphone portable dans ta poche, je sentais mes yeux devenir démesurément grands, happés par l'abîme qui venait de s'ouvrir devant eux, j'allais tomber, j'allais tomber.

Tu t'es retourné.

Ça a duré quelques secondes. Un temps fou. Tes pupilles se sont dilatées, puis sont devenues froides et petites comme des billes. J'ai senti ton effroi. J'ai senti ton impuissance. J'ai, dans une extrême lenteur, réussi à abaisser ma main. J'ai reposé mes pieds à plat sur le sol. Le reste de mon corps est demeuré figé, sous l'emprise d'une invisible armure. Nous étions là, toi et moi. Notre affrontement était silencieux. Il me semblait que ma tête allait se briser, comme si à l'intérieur on n'en finissait pas de me rouer de coups. Je ne savais pas de qui, de quoi, j'avais le plus honte : si c'était de moi, de tout ce que j'avais cru, de ce que je m'étais imaginé, depuis si longtemps, et de ce que tu avais su que je m'étais imaginé. Ou de toi, devenu soudain misérable, de l'expression de ton regard de celui pris en flagrant délit, de ton incapacité à prononcer le moindre mot, à t'avancer vers moi, à réagir. Je nous haïssais, toi autant que moi, toi et moi ensemble.

C'est durant cette interminable minute de silence que tout a fini de s'anéantir : toi, moi, notre amour. Nous étions immobiles, pourtant nous tombions à la renverse. Le sol s'ouvrait sous nos pieds et nous avalait. Nous disparaissions.

Je ne sais pas comment j'ai pu mettre mon corps en mouvement, pivoter, l'obliger à faire un pas, puis un autre, un autre encore, et ainsi de suite jusqu'à la sortie. Je ne voyais rien : mes yeux me semblaient être avant moi devenus fous de douleur. Autour de moi les femmes, les hommes, et la salle entière, les plafonds, les murs, l'espace, tout était devenu blanc, d'un blanc aveuglant, insoutenable. Je ne ressentais rien encore. J'étais frappée. J'avançais frappée.

C'est quelques minutes plus tard, dans la rue, alors que je m'étais laissée tomber sur un banc pour tenter de reprendre mon souffle, que les paroles que tu as prononcées au téléphone ont une nouvelle fois, très distinctement, retenti dans ma tête. La rue était d'un calme effrayant et quelque chose s'est alors déchiré en moi, faisant éclater l'armure qui retenait mon corps et sa douleur depuis que j'avais entendu ce que je n'aurais pas dû entendre. Un hoquet est sorti de ma gorge. Ce n'étaient pas des larmes, comme je le crus d'abord : c'était un rire, un rire continu que je ne me connaissais pas, que je découvrais en place des larmes. Je ressentais une humiliation analogue à une brûlure de chaque pore de ma peau, j'aurais voulu être effacée du monde. Je suis restée assise sur le banc, tout se mettait brutalement en place, je me repassais en accéléré le film de notre histoire mais cette fois le point de vue avait changé, je ne voyais plus l'amour, je ne voyais plus l'éblouissement, je voyais mon effroyable erreur, l'homme qui avait bouleversé ma vie une nuit de fête, un soir d'été, était un homme que j'avais entièrement rêvé, fantasmé, cet homme-là, que j'avais tant attendu, que j'avais tant aimé, que j'avais cru très aimant, très amoureux, n'existait pas, à la place il y avait toi, un homme qui m'avait séduite puis quelques mois plus tard prononçait de la même voix enjôleuse les mêmes mots impatients à une autre, d'ailleurs, songeais-je brusquement, t'avais-je jamais entendu prononcer des mots d'amour, m'avais-tu jamais dit avoir été bouleversé par moi, nos silences que j'avais tant aimés n'avaient-ils pas été en fait parfaitement dissonants, oui, soudain je comprenais tout, le passé me revenait en pleine face, j'étais sur un banc et je me tenais sur des ruines et j'étais seule, j'étais passée de l'Amour fou au vaudeville, je fermais les yeux et ton visage m'apparaissait, des larmes commençaient à rouler sur ma joue, le monde que j'avais inventé pour toi et moi n'était pas le nôtre, j'étais la seule à l'avoir habité, j'avais eu, comme on dit, tout faux.

Comment avais-je pu autant me tromper ?

Tu m'as dit que tu m'attendrais devant le Rex à vingt heures. La projection commencerait à vingt heures trente. Le métro était bondé. Beaucoup de touristes. Je suis sortie plus tôt pour marcher un peu. Marie est rentrée radieuse. Elle m'a assuré que je devrais aller à Oslo, que ça me plairait beaucoup, que c'est une ville singulière, qui ne ressemble à aucune autre. Elle a dit ça dans un sourire et je n'ai pas voulu lui dire que ce sont les amours qui sont singulières et qui enchantent les lieux. J'ai déjeuné avec elle. Elle n'avait pas faim. Elle a prétexté que c'était à cause du dîner de la veille, son père l'avait amenée dans un restaurant italien et elle avait trop mangé. Je l'ai regardée, ses yeux brillaient et il m'a semblé la revoir enfant, le même éclat heureux dans le regard. J'ai eu envie de la serrer dans mes bras, d'enfouir mon visage dans son cou. J'ai caressé sa joue.

Il fait encore bon. La journée a été chaude. Une des premières très belles journées d'été. Le ciel est rose. Des parfums tournoient dans l'air. Je marche lentement. Ce soir je serai en avance. J'ai dit à Éric que je passais la soirée avec toi, lorsque je l'ai embrassé pour lui dire au revoir il m'a regardée, il m'a dit qu'il me trouvait belle. Il m'a dit qu'il n'avait jamais remarqué à quel point Marie et moi nous ressemblions, ce soir, en me voyant comme ça, dans cette robe bleue, c'était une évidence. Il a eu un sourire doux en disant ça, puis il a ajouté qu'il irait au cinéma.

Je remonte la rue Notre-Dame-des-Victoires. Une touriste me demande, avec un fort accent allemand, où se trouve le Palais-Royal. Je me retourne pour le lui indiquer. Je m'entends lui expliquer comment s'y rendre et je nous revois, marchant enlacés dans les allées du jardin, il me semble que nous avons souvent été là-bas mais je n'en suis pas certaine, je me demande si ce n'est pas la même scène qui se répète à l'identique dans ma mémoire, dilatant un moment unique, en faisant une succession de vagues heureuses. Je ne sais plus. J'ai oublié. La femme me remercie, elle s'éloigne, je l'entends parler à l'homme qui l'accompagne, le souvenir me paraît très proche soudain, presque physique, à croire que le temps n'est pas passé, nous sommes là, tous les deux, nous marchons dans les allées désertes du Palais-Royal, je m'entends rire, je m'entends être heureuse.

Je remonte un peu plus lentement la rue. Au loin j'aperçois déjà les Grands Boulevards.

C'est mon premier souvenir. Avant, il n'y a rien. Ma mémoire n'a rien imprimé. Ce que j'ai retenu d'avant vient nourrir mes livres mais ce ne sont pas des souvenirs. Ça ressemble à un grondement.

Le souvenir est très net. J'y pense souvent. Il accompagne ma vie. J'ignore pourquoi ce souvenir-là et pas un autre, pourquoi ma mémoire l'a élu, lui, premier. J'aime le revoir. Grâce à lui je sais que ma vie a une histoire. Je sais aussi que je ne le perdrai jamais, même si un jour j'ai tout oublié.

C'est l'été, radieux. Je suis sur un bateau. Clapotis de l'eau. Roulis des vagues. Le corps qu'il faut garder en équilibre. C'est difficile. Je vais peut-être tomber. Autour de moi la mer, vaste, bleue. Au-dessus de moi le ciel. J'ai un peu peur de toute cette immensité : je me sens aspirée. J'ai peur d'être avalée. Alors, je baisse les yeux et je regarde devant moi : un garçon à la chevelure blonde et bouclée est assis en face. Je ne le connais pas. Il est un peu plus grand que moi. Lui aussi me regarde, il me sourit. Je n'arrive pas à détacher mes yeux de son regard. Quelque chose se passe en moi. Je ne sais pas ce que c'est. C'est nouveau. Ça résonne à l'intérieur de moi. Ça vibre. Je le regarde, et je sens tout à coup que je ne suis pas aspirée. Que rien ni personne ne va m'avaler : que je suis là. Je suis là. Ça dure très longtemps.

À côté de lui, très grande, très belle, en maillot de bain, une femme brune, qui rit.

C'est ma mère.

Tu es debout, adossé à un mur, au coin du cinéma. Tu fumes une cigarette. Je t'aperçois très vite. Toi non : tu te tiens dans une autre direction que la mienne, face au boulevard. De loin tu n'as pas changé. De loin tu es toujours le même.

Je traverse le boulevard, fends très lentement le flot des passants. Je ne te quitte pas des yeux : tu parais absorbé par quelque chose, tu ne regardes rien autour de toi. Je me demande à quoi tu penses. Si le présent contient tous les passés.

J'avance vers toi. Je me souviens comme, il y a très longtemps, à chacun de nos rendez-vous, tu me regardais arriver, et que ton regard sur moi, fixe, me troublait tant que j'en chancelais. Ce soir tu ne me regardes pas. Je ne chancelle plus. Je parviens à ta hauteur. Tu ne m'as pas encore vue. Ma main à quelques centimètres de ton épaule. J'éprouve un léger étourdissement soudain, comme si quelque chose remontait de très loin, et déferlait sur moi.

Tu te retournes brusquement. Ton visage s'éclaire d'un coup. Tu ne dis rien. Tu me regardes longuement.

Tu es ému. Quelque chose a changé. J'ignore quoi. Une vague monte en moi, je ne sais pas si elle est heureuse, tu m'attires à toi, tu me serres dans tes bras. Je sens ton odeur. J'entends ton souffle. Tu ne dis rien. Moi non plus.

Sensation saisissante de te retrouver et, dans le même temps, de retrouver quelque chose de moi, oublié.

Je me dégage doucement. Je sens mon sourire sur mon visage. C'est comme s'il m'emportait, s'il emportait tout mon corps. Nous n'avons pas prononcé un mot. Tu attrapes mon bras et m'entraînes à l'intérieur du Rex. Nous traversons le hall, passons devant des gens. Je ne regarde rien de ce qui m'entoure, j'entends ta voix, elle n'a pas changé, tu parles de l'organisation de la soirée, je la retrouve intacte, j'essaie de comprendre, un temps fou a passé, la vie a continué, Marie est rentrée ce matin, Éric et moi nous aimons depuis quatre ans, tu viens de quitter les États-Unis, la tête me tourne légèrement, tu te retournes vers moi, à nouveau ton visage s'éclaire, tu ris, et je sais soudain ce qui a changé : tu as vieilli.

La vague se brise. L'eau continue à monter.

Tu es devant moi. Tu pousses une porte sombre, nous entrons dans une salle obscure. Tu dis : « C'est la salle où aura lieu la projection. » Je distingue un petit groupe de gens devant l'estrade, nous nous dirigeons vers eux, avant de les rejoindre tu te penches vers moi et je t'entends murmurer : « J'ai repéré un endroit pour après, qui m'a l'air bien. On ira manger quelque chose, d'accord ? »

Je pense à Éric qui sera déjà rentré. Les visages se tournent vers toi. Ils te sourient. Tu es très attendu. Je te réponds oui.

La soirée commence. J'ai l'impression de basculer plusieurs années en arrière, au soir de la première projection du *Rêve de Juliette*. Comme ce jour-là tu te tiens à côté de moi, comme ce jour-là tu prends la parole, tu parles du film, de sa genèse, tu parles de toi, de moi, de nous, je t'entends prononcer mon nom et je me demande ce qui a changé, si on ne se trompe pas en affirmant que les vies se déroulent, certaines ne se déroulent pas, certaines n'en finissent pas de revenir sur elles-mêmes, de creuser quelque chose qui leur échappe. On te pose des questions, tu t'efforces de répondre, tu es précis, ta voix est claire, tu évoques ton travail de cinéaste aux États-Unis, ce que tu as découvert là-bas, pourquoi tu as eu envie de rentrer en France. Une phrase se détache du reste : « La France me manquait. »

Quelqu'un se lève, entame un discours ennuyeux. On évoque tes films, ta carrière, ton univers. J'ai l'impression qu'on parle de quelqu'un arrivé au bout de quelque chose. Je me demande au bout de quoi tu es arrivé. Je me demande si on a jamais la sensation d'arriver quelque part. Je crois que je n'ai envie d'arriver nulle part. Tu tournes ton visage vers moi. Tu me regardes. Ton regard est intense. Tu ne souris pas. Tu me dis quelque chose. Tu me dis peut-être ce que tu voulais me dire depuis très longtemps. Je soutiens ton regard. Tes yeux sont toujours aussi gris. Eux n'ont pas vieilli. Les yeux peut-être ne vieillissent jamais. Cela dure très longtemps. À côté de nous l'homme continue à parler. Je n'ai pas envie de détacher mon regard du tien. Mon cœur bat très lentement. L'homme se tait. Tu détournes brusquement le visage. Tu remercies poliment. Les lumières s'éteignent. L'éclat de tes yeux continue à se diffuser en moi. J'ai envie de quitter cet endroit. J'ai envie d'être dehors avec toi, de marcher, de t'entendre. J'ai envie que ce soit l'hiver et l'été en même temps. Je m'assieds à côté de toi. À nouveau j'ai l'impression de revenir des années en arrière. L'eau continue à monter. Les premières images du *Rêve de Juliette* sont projetées à l'écran.

Dans le noir, devant l'écran, je me souviens soudain d'une fête, il y a des années, une nuit d'été. Je me souviens de mon cœur qui s'était arrêté de battre tandis qu'un homme me parlait, de la chaleur très douce qui avait envahi mon corps, d'un regard gris qui plongeait en moi, de l'envie presque insupportable que j'avais eue alors que l'homme se lève et me prenne dans ses bras et m'emmène pour toujours, au loin.

Des applaudissements se font entendre, les lumières se rallument. Je reviens du royaume des rêves. Je me souviens que tu ne m'as pas aimée. Autour de nous les gens se lèvent. Tu restes assis dans ton fauteuil. Je ne bouge pas. Je ne te regarde pas. Je me demande à quoi tu penses.

Quelqu'un s'approche de toi et te dit quelque chose. Je t'entends répondre : « Non, je suis désolé, j'ai prévu autre chose » et je sens ta main saisir mon poignet, tu me souffles très bas : « Enfuyons-nous d'ici très vite. » Je lève les yeux vers toi : tu as sur le visage une expression malicieuse, presque enfantine. À mon tour je te souris. J'attrape mon sac, je me faufile derrière toi dans les allées, vers la sortie.

Les premières fois que nous nous sommes revus après notre rupture, tu te montrais avec moi d'une douceur déconcertante. C'est toi qui m'appelais. Tu me proposais, après mille précautions, de déjeuner ensemble. Tu disais que c'était un bonheur de me voir. Une joie.

Nos déjeuners duraient longtemps. Nous parlions beaucoup. Je ne me sentais enfin plus désarmée devant toi. Tu avais fait basculer deux fois ma vie : une première fois dans le rêve, une deuxième fois dans le réel. Ça avait ressemblé, chaque fois, à un embrasement. Tu me disais parfois que tu espérais qu'un homme vienne et m'emporte. La première fois que tu m'avais dit ça, j'avais éprouvé un pincement violent dans le ventre. Tu ne t'en étais pas rendu compte. Puis, je m'y étais faite. Je savais que nous ne vivrions pas ensemble. Je savais que tu ne me dirais jamais des mots d'amour. J'avais enfin cessé de t'attendre.

Un jour, je t'avais demandé pourquoi tu avais encore envie de me revoir. Avant que tu ne me répondes, je t'avais dit, très vite, que je me demandais moi aussi pourquoi j'avais envie de te revoir. Qu'une femme normalement constituée – ça avait été mes mots, je m'en souviens : « normalement constituée » – ne t'aurait jamais revu. T'aurait voué à jamais une colère tenace. Que si j'avais essayé de raconter notre histoire à quelqu'un, on ne m'aurait sans doute pas comprise. On m'aurait dit que j'étais faible. Que je n'avais pas le droit de revoir un homme qui s'était comporté ainsi. Nous étions en train de boire un café. Tu avais reposé ta tasse, tu m'avais regardée droit dans les yeux et tu avais dit : « Sans doute pour la même raison que toi, qui n'a rien à voir avec des histoires de fort ou faible. » Nous en étions restés là : à cette même raison que, nous le savions toi et moi, il valait mieux ne pas chercher à définir, garder en nous comme un secret que nous ne percerions jamais.

Depuis, nous étions chacun d'une infinie douceur avec l'autre, comme ceux qui reviennent de très loin et savent désormais le bonheur qu'il y a à être tout simplement en vie.

Tu me demandes si je préfère la chaise ou la banquette. Je te réponds que ça m'est égal. Nous nous asseyons. J'ai choisi la banquette. C'est un tout petit restaurant. Tu es assis très près de moi. Tu racontes beaucoup de choses. Ta vie à Los Angeles. Le film que tu as réalisé là-bas, dans des conditions idéales qui pourtant ne te convenaient pas, beaucoup de moyens mais pas assez de liberté. Je souris, j'essaie de t'imaginer là-bas, dans cette ville immense, je ne peux pas, impossible, je me demande si tu y as été heureux, si tu as rencontré une femme, une Américaine peut-être, je ne te pose aucune question, tu continues à parler, à raconter le film, le scénario qu'on t'a demandé de modifier, la durée qu'on t'a imposée, tu me dis qu'à présent tu t'en moques, tout ça est fini, goodbye les Américains, vive la pagaille française et le manque d'argent, tes yeux se plissent et tu ris, et ton visage entier, et ta bouche, je te regarde et je m'entends rire avec toi.

J'aimerais renverser la tête en arrière et fermer les yeux. Ne plus entendre le bruit dans le restaurant. Oublier la rumeur du monde. Tu me tends un verre de vin puis tu remplis le tien. Puis tu prononces, les yeux rivés sur moi : « À nous. » Je plonge dans ton regard. Je bois.

– Et toi ? L'écriture ? Où en es-tu ?

– J'ai commencé quelque chose. Il y aura des souvenirs d'enfance. Des souvenirs réels. Mais pour ce qui est du reste, je ne sais pas encore…

– Tu as déjà ton sujet ?

– Oh non… Je te l'avais dit, tu t'en souviens ? Je crois que j'écris parce que je ne sais pas ce que je veux dire. Je le découvre en l'écrivant. Je ne le sais pas avant, pas même une seconde avant. C'est l'écriture qui me le donne. Je ne décide de rien…

– Je m'en souviens.

– Pour l'instant, j'écris les souvenirs. J'ai eu envie de partir de l'enfance : de ce qui a été un jour le réel mais dont ce qui demeure ressemble à des bulles de savon qu'on pourrait faire éclater, juste en les effleurant. Et, mêlée à ces souvenirs, il y aura une histoire, une fiction. Mais qu'est-ce qui est vrai, au final ? Les images qui restent, dont on ne sait plus si on les restitue ou si on les invente ? Ou la fiction, qui tente d'explorer le réel ?

Tu m'écoutes, immobile. Puis tu prononces, doucement :

– C'est drôle, j'avais pensé un jour faire un film qui reprendrait aussi des souvenirs d'enfance et se mêlerait à une histoire inventée. J'avais envie de perdre le spectateur, qu'au bout d'un moment il ne sache plus où il était, et qu'en définitive, cela n'ait aucune importance.

– Je ne t'aiderai pas à l'écrire, celui-ci.

– Je m'en doute.

Nous sourions en même temps, dans un même mouvement. J'approche mon verre du tien pour trinquer une nouvelle fois.

– À ton prochain film alors.

Tu dis que tu as chaud. Tu enlèves ton pull. Je bascule seize ans en arrière. C'est la nuit. Je suis assise très près de toi. Canapé en velours gris. Nous nous dévorons du regard. Nous avons très envie de nous embrasser. Nous parlons. Nous parlons. C'est comme si nous étions très silencieux. C'est comme si nous nous embrassions. Tu te lèves soudain, tu retires ta veste, d'un mouvement brusque, et tu murmures : « Pardonnez-moi, j'ai chaud, j'ai si chaud… »

– À quoi penses-tu ?

– Oh…

Je fais un signe vague de la main. J'aimerais savoir de quoi tu te souviens exactement. J'aimerais savoir si, comme moi, tu te souviens de tout. De ce que nous nous sommes dit et de ce que nous ne nous sommes pas dit, de nos caresses, de nos baisers, de la violence. Je ne te demande rien. Je t'entends prononcer, tout bas :

– C'est bon de te revoir.

Tout près de moi, immobile sur la table, ta main. Je la regarde un instant. Je me rappelle tout ce qu'elle m'a fait. Je détourne le visage.

– Et Marie, comment va-t-elle ?

– Très bien. Elle est rentrée hier d'Oslo. Elle est amoureuse.

– D'Oslo ? Amoureuse ? Mais quel âge a-t-elle ?

Je ris de ton air stupéfait.

– Mais seize ans ! Elle a passé son bac en juin. Elle rentre à la fac début novembre.

J'hésite puis je te le dis, sans poser mon regard sur toi :

– Mais c'est vrai que ce matin, lorsque je l'ai vue arriver à la maison, rayonnante, une vraie jeune femme, je me suis demandé comment le temps avait pu passer. Je veux dire, non pas sur nous mais…

Je m'entends dire « nous » et je m'interromps. Je te regarde : toi aussi tu as entendu le « nous » et quelque chose a tressailli dans tes yeux, tu ne souris plus, tu es immobile, tout est immobile, en suspens. Cela dure sans doute un millième de seconde, cela dure très longtemps. Puis, comme si un souffle d'air revenait enfin sur nous, les traits de ton visage se détendent, tu bouges légèrement la tête et tu me souris, et je peux reprendre ma phrase :

– … non pas sur moi, mais sur elle.

Et, tout en achevant mes paroles, je songe qu'il y a les mots que nous prononçons, et les autres, ceux que nous taisons et que nous devinons pourtant, comme si entre nous depuis toujours se jouait une double partition et que nous savions passer de l'une à l'autre, souplement comme deux chats.

Tu enchaînes très vite, tu parles de la Norvège, tu dis que c'est un beau pays, que tu y es allé plusieurs fois en repérage pour un film qui ne s'est finalement pas fait. Je t'écoute mais, au-dessus de tes paroles, comme une note qui viendrait doucement les brouiller, le « nous » résonne en moi. Je bois encore un peu de vin.

Le serveur nous apporte les plats. Tu te tournes vers lui, échanges quelques paroles. J'observe ton visage. Qu'est-ce qui m'a donné l'impression que tu avais vieilli ? Les rides ? Les cheveux blancs, plus nombreux qu'autrefois ? C'est ça mais pas seulement, c'est autre chose aussi. Je ne parviens pas à savoir quoi.

Le serveur s'éloigne. Tu dois deviner mes pensées car tu prononces :

– Je repense à Marie. C'est drôle, pendant des années, le temps file très vite, et même de plus en plus vite, comme si tout s'accélérait. Mais depuis un moment je n'ai plus cette sensation. Tout se ralentit. On dirait que le temps va s'arrêter. Mer étale. Oui, tout est devenu très lent.

D'une main tu caresses ton verre, tu le fais tourner avec ton doigt. Puis tes mots, qui tombent comme un couperet :

– J'ai dû vieillir.

Je ne réponds rien. À un autre que toi sans doute, je rétorquerais quelque chose. Je dirais qu'il se trompe, qu'il n'a pas vieilli, qu'il éprouve cette impression parce qu'un changement important survient dans sa vie. Je ferais semblant.

À toi je ne dis rien. Je n'ai pas envie de faire semblant. Mais je me demande : quand avons-nous vieilli ? À quel moment ? Avions-nous déjà vieilli il y a deux ans ?

Nous nous regardons en silence. Je me souviens comme, il y a très longtemps, je rêvais que tu tendes la main vers moi, que tu me sortes de la nuit dans laquelle je me sentais m'enfoncer. Ce soir, j'aimerais tendre mon bras vers toi. J'aimerais te retenir. Tu vois le temps immobile. Moi, je le vois déferlant sur toi et t'emportant. J'avais oublié que tu as dix ans de plus que moi. J'avais oublié, et brutalement je le sais : nous ne sommes pas éternels.

– À quoi penses-tu ?

– À rien. À nous. À tout ce temps qui a passé.

– Combien d'années ?

– Seize depuis la première fois.

– Laquelle de première fois ?

– La toute première. La fête.

– Celle où nous n'avons pas dansé ?

– Celle où nous n'avons pas dansé.

Tu es penché vers moi. Je murmure, tout bas :

– Tu te tenais assis comme ça, tout près de moi, penché vers moi. Tu me regardais.

– Je m'en souviens très bien.

– C'est loin ou c'est près ?

– C'est loin et c'est près.

– Oui. C'était il y a très longtemps, et c'est là, tout près.

– Qu'est-ce qui a changé ?

– Tout : moi, toi. Et rien. C'est toujours toi, c'est toujours moi.

Nous nous taisons. Tu me regardes longuement. Je pense : il y a dix ans, te voir me regarder ainsi m'aurait donné envie de pleurer. Je n'ai plus envie de pleurer. Je suis heureuse d'être là, avec toi. Tout est devenu très simple. Peut-être, au fond, les vies deviennent-elles de plus en plus simples. Je pense à un des derniers tableaux de Nicolas de Staël, *La Route*, peint un an avant sa mort : rien ou presque, une route qui s'étend, qui se brise au loin.

Je bois encore quelques gorgées de vin. La tête me tourne un peu. Je me sens bien. Tu ne m'as pas quittée des yeux. J'aime que tu me regardes ainsi. Tu ne me souris pas. Tu me souris. Je ne sais plus très bien. C'est la même chose. Je crois que nous dansons. Nous dansons très lentement. Nous dansons sur un fil. Je songe aux mots que tu avais eus au lendemain de notre rupture. Rupture, est-ce bien le terme ? Au lendemain de la scène violente et muette, où l'homme qui m'était soudain apparu s'était détaché de celui que j'aimais, celui que j'avais tant attendu, celui dont j'avais pensé qu'il me sauverait. Cet homme-là avait disparu, comme effacé brutalement du monde. À la place il était resté toi, un homme maladroit, et faible, qui m'avait menti, qui m'avait fait du mal, qui n'avait pas même été capable de prononcer sur le moment une parole, qui le lendemain m'avait parlé, presque impatiemment, au téléphone, prononçant soudain : « Et puis d'abord, qu'est-ce que ça veut dire, aimer ? »

Tu dis quelque chose. Je crois que c'est à propos de ton plat. Je ne t'écoute pas. Je revois toute cette souffrance, il y a neuf ans, et le monde qui m'avait paru soudain s'écrouler, et pourtant toi et moi qui étions là ce soir ensemble, toi et moi qui étions heureux.

Je ferme une seconde les yeux. Quelque chose cogne en moi. J'ouvre les yeux. Tu me regardes. C'est le même regard que tout à l'heure avant la projection. Le même regard intense, qui semble me dire quelque chose, me confier un secret. Je t'écoute tout bas. Je ne suis pas certaine de bien comprendre. Mais cela n'a pas d'importance : je n'ai plus peur de ne pas comprendre. Je murmure, très vite :

– Tu te souviens de ce que je t'avais dit, il y a longtemps ? Avec toi je me suis réveillée. Tu es l'homme qui m'a réveillée.

Tu hoches la tête. Tes yeux sont brillants. Puis, tu me souris. C'est un sourire qui passe de toi à moi, qui n'en finit pas de vibrer. Nous ne bougeons plus. Rivés l'un à l'autre, nous poursuivons notre danse.

Nous nous levons. Il est tard. Je pense à Éric, rentré depuis longtemps. Il m'attend peut-être. Je contourne la table, je te rejoins. La salle est presque vide. Le serveur se tient debout près du comptoir. Il a l'air fatigué. Il nous adresse un signe de la main. Plusieurs tables ne sont pas encore desservies. Quelques verres traînent sur le comptoir. Ça ressemble à la fin d'une fête. Ça me rappelle quelque chose. Quelque chose de très heureux, de très lointain. Nous sortons en silence.

Dehors, l'air est tendre. Tu marches à côté de moi, lentement. Nos pas s'accordent. Ils se sont toujours accordés. Je me souviens de la première fois que nous avons marché ainsi côte à côte. C'était après notre premier déjeuner. Tu m'avais raccompagnée jusqu'au métro. La rue devant moi n'en finissait pas. Je m'étais dit que la vie désormais se déroulerait peut-être ainsi : longue, longue, avec toi à mes côtés. La vie est passée comme un souffle, tu n'as pas été à mes côtés, tu as été un peu plus loin, et très près aussi, plus près que tout. Elle n'a ressemblé à rien de ce que j'avais cru. Je prononce, doucement :

– Ça sent bon. Tu sens comme ça sent bon ?

Je tourne mon visage vers toi. Tu me souris. Je me serre contre toi. J'attrape ton bras. La rue, devant nous, n'en finit pas.

Laurence Tardieu
dans Le Livre de Poche

Puisque rien ne dure

Je mens, voilà ce qu'il y a [illegible] mens. [illegible] une conscience me devoir [illegible] que je [illegible] parce que je imagine que je [illegible] revoir. Comment je [illegible] au bas de la feuille, [illegible] petit, presque illisible, son prénom. Comment [illegible] aussi en arriver à papier, noircir le texte de la lettre [illegible] même écriture tremblante, [illegible] ces [illegible] aussi, pas encore à l'écriture [illegible] me trouve [illegible] la [illegible] mots non, [illegible] est que un [illegible] ment.

Rêve [illegible]

Nous sommes [illegible] il appelle [illegible] mort [illegible] marche [illegible] le [illegible] homme [illegible] chose de ma [illegible] importance [illegible] qu'il [illegible] l'on cherche [illegible] chacun [illegible]

Du même auteur :

COMME UN PÈRE, roman, Arléa, 2002.

LE JUGEMENT DE LÉA, roman, Arléa, 2004, prix du roman des libraires Leclerc.

PUISQUE RIEN NE DURE, roman, Stock, 2006, prix Alain-Fournier ; prix Prince Maurice du roman d'amour.

RÊVE D'AMOUR, roman, Stock, 2008.

À L'ABANDON, roman (illustrations d'Aude Samama), Naïve, 2009.

Composition réalisée par IGS-CP

Achevé d'imprimer en février 2010 en Espagne par
LITOGRAFIA ROSÉS S.A.
08850 Gavá
Dépôt légal 1re publication : mars 2010
LIBRAIRIE GÉNÉRALE FRANÇAISE - 31, rue de Fleurus - 75278 Paris Cedex 06

31/2983/0